コワモテ不動産王の
不埒な蜜愛

玉紀 直

Illustration
なま

gabriella plus

コワモテ不動産王の不埒な蜜愛

contents

gabriella plus

イラスト／なま

コワモテ不動産王の不埒な蜜愛

プロローグ

「おまえ、俺を騙《だま》したのか?」

――殺される……。

……は、大げさかもしれない。

しかしこのとき、一色《いっしき》みことは生まれて初めて命の危険を感じた。

血の気が引き、全身が冷たくなる。昨夜、この男の愛撫《あいぶ》に我を忘れて熱くなった身体とは思えない。

それだけ、彼、千石稜牙《せんごくりょうが》の瞳は眼光炯々《けいけい》としていたのだ。

まさかこんな姿で、窮地《きゅうち》に陥《おちい》ってしまうとは……。

高級ホテルのスイートルームという、自分には縁遠いとしか思えなかった場所。そのベッドルームに置かれた大きなベッドの中、みことは上半身を起こしてこの状況に凍りつく。

かろうじて胸を押さえたデュベの下は一糸まとわぬ素肌のままだ。失神するほど彼に抱かれ、気づけば朝だった。

けだるい意識の中で目覚めてすぐ視界に入ってきたのは、ベッドの横に立った裸の彼が、みことの社員証を険《けわ》しい表情で睨《にら》みつけている姿。

社員証は鞄《かばん》の中に入れていたはずだが、昨夜ベッドに運ばれた際、バッグを床に落としてしまっている。おそらくそのときにでも中身がこぼれ出したのだろう。

それを、先に起きた稜牙が見つけたのだ……。

社員証にはみことの写真がついている。間違いなく持ち主がわかる物だ。それはいいが、問題は……。

稜牙が思っていた名前と、まったく違うことだ。

「この社員証についているのは、おまえの写真か？」

「……はい……」

「この社員証は、おまえのものか？」

「……はい……」

「とすれば、この名前は、おまえの名前なんだな？」

「……はい……」

蚊《か》が鳴くような声とは、まさにこのこと。返事をしている意識はあっても本当に声が出ているのか、いまいち自分でもわからない。

「これがおまえの本名なら、俺が待っていた見合い相手とはまったくの別人だ。つまりおまえは、人物を偽《いつわ》り俺を騙したということになる。間違いないな？」

——騙したのではない……。

正確には、騙すつもりはなかった。

もとを正せば、みことは友だちのお見合いに付き添いとして来たのだ。しかし訳あって友だちがこられなくなってしまった。

すでに待ち合わせ場所に来ていたみことは、本人がこられなくなった事情を彼に説明して帰ろうと思っていた。

しかし彼はみことを見合いの相手だと勘違いし……。

なんたることか、ベッドをともにする流れに陥ってしまった。

騙そうとしていたわけでは……ない。

決して、そんなつもりではなかった。

……言いだせなかったのだ……。

みことは息を呑《の》んで稜牙の顔を見つめる。

思わず撫《な》でて確認したくなるような綺麗《きれい》なフェイスライン。その中に収まる各パーツはどれも秀逸《しゅういつ》で、男性を象徴する勇ましさを感じるなかに、ときおり腰が砕《くだ》けそうな色気を感じさせる美丈夫《びじょうふ》だ。

特に印象的なのは、見つめられたら従わざるを得ないほどの目力を感じさせる双眸《そうぼう》で、本当に、人違いだと言えないまま彼に抱かれてしまったのはこの目のせいだと言っても過言ではない。

誰をも従わせる、威圧感を持つ人。

それも彼に備わって当然の風格なのかもしれない。彼は三十六歳にして、国内はもとより海外にも数多くの物件を所有する人物。自らが起《た》ち上げたグループ企業の頂点に君臨《くんりん》する、不動産王と異名をとる人物だ。

一介のＯＬであるみこととは、間違っても縁を持つような人物ではない。

(どうしよう……)

今になって胆《きも》が冷える。騙すつもりではなかったと言って信じてもらえるだろうか。お金目当てで近づいたと思われる可能性もある。

金銭目的で抱かれたのかと蔑《さげす》まれるなら、そのほうがいい。下手をすれば、人物を偽って稜牙を騙したのだと訴えられる可能性だってあるのだ。

(……訴えられたら……示談金《じだんきん》とか慰謝料《いしゃりょう》とか……、でも、そんなお金ないし……)

一ヶ月働いて、いろいろと支払って、小さなアパートで細々と暮らす二十四歳に不動産王が提示する慰謝料など支払えるはずがない。

(……内臓って……売ったらいくらだっけ……)

泣きたいくらい追い詰められた思考は、とうとう究極《きゅうきょく》までたどり着く。脳がおかしな方向へ働いてしまうほど、稜牙の視線が……怖い。

「一色みこと、か……。まぁ、おまえでもいい」

（な……なにがでしょうか……不動産王様っ……）

声にならない問いかけさえも震《ふる》える。稜牙はため息をついて社員証をベッドサイドテーブルに置くと、勢いよくデュベをまくった。

「あっ……！」

いきなりだったのでみことの手からもデュベが離れ、裸の全身があらわになる。とっさに身体を隠そうとした両手を掴《つか》まれ、そのまま押し倒された。

「ワルくなかったし……、おまえでいい」

「な……なにが……ンッ！」

綺麗な双眸がニヤリと嗤《わら》い、心臓がドクンと不吉な鼓動を刻んだ瞬間唇をふさがれる。

昨夜の情事を彷彿《ほうふつ》とさせるくちづけが、脳を犯していく。

「ンッ……ぅ、ハァ……」

――どうして……こんなことに……。

圧し潰されかかる理性が、こんな事態に陥った原因を考えはじめるが……。

身体をまさぐる稜牙の手を感じるごとに、その思考は薄れていった――。

第一章　人違いからの濃蜜夜

「それがさー、先週の出張のときの領収書、経費扱いできないって言われてさ。参った」

「マジで？　誰に渡した？」

「みことチャン」

「そりゃぁ、おまえが悪い。危なそうな領収書はあの子に渡しちゃ駄目だろ」

……じゃぁ、誰に出すんですか……。聞こうと思っていなくても耳に入ってしまう会話を、みことは周囲の雑多な物音に紛《まぎ》れこませる。

お昼どきの社員食堂はとてもにぎやかだ。物音のほとんどを人が移動する気配と食器や椅子の音が占め、そこに話し声が混ざりこむ。

普通なら気にならない人の話し声も、真後ろの席で、おまけに自分の名前が聞こえてきたとなれば、つい耳がかたむいてしまうというもの。

「シッカリ者の経理ちゃんだから」

「まだ入社して二年目だろう？　あそこの主任も、手に負えない仕事は彼女に回すって話を聞いたけど」

「なんだろうな〜、若いのに金勘定《かねかんじょう》のシッカリしすぎた女って、かわいくないよな〜」

「えー、そうか？　みことチャン、顔はかわいいじゃん」

「おっぱいも大きいしな」

ペットボトルを持っていたみことの手に力が入り、ベコッ……と音をたてる。かわいくないやらシッカリしすぎやらは、精算に不満のある社員から捨てゼリフのように投げつけられることもあるので、あまり気にはしていない。

しかし最後のひと言は別だ。

（どこ見てんですか！）

特筆するほど胸は大きくない。……だが、気にするほど小さくもない。微妙なサイズに上向き鳩胸《はとむね》という要素がプラスされ、服の上からだと大きく見えるかもしれない……くらいのものだ。

そんな話を、社食というどこの部署の人間が聞き耳をたてているかわからない場所で面白おかしく語るのは、遠慮《えんりょ》してもらいたい。

彼らも、まさか噂《うわさ》の当人が真後ろの席にいるとは思っていないのだろう。

カラーリングもパーマもなにもない平凡なセミロング。そのままでも束ねてもまとまりやすい髪質のおかげで、ずいぶんと美容室代を節約できている。彼らが言うように前から見れば少々胸に視線がいくが、特別痩せているわけでも太っているわけでもない体格はうしろからだと誰だかわからないくらい平凡で、大衆に紛れこんだら探すのが困難だろう。

男性から見ると、金勘定が細かい点はかわいくないが顔はかわいいらしい。かわいい……かどうか、自分で考えたことはないが、「小動物系の顔だね」と言われたことはあるので、怖い顔つきではないだろうとは思っている。

「つい目がいくよな。上から見てると壮観だし」

「襟の開きが大きいブラウスのときとか」

振り向いてひとこと言ってやろうかとムカムカするものの、下手に口出しをして「自分の噂話をされてると思って、意識しちゃった～？」などのいらない冷やかしをうけるのもご免こうむりたい。

ここは放っておくに限る。うん、そうしよう。一人悟りを開き、ひとまず目の前の焼き魚定食に挑《いど》もうとしたとき……。

「みことちゃーん、お待たせー。席とっておいてくれて、ありがとー」

無邪気な声が、噂話で盛り上がっていた当人たちを直撃する。慌てて振り返った気配が背後でしたあと「やべっ、いたっ」という、まるで集団カンニングを見つかった男子生徒のような焦《あせ》りの声が聞こえた。

「ありがとうねー、もう、お昼に行こうとしたら、お客さんのお茶淹《い》れて、とかって、最悪ー。

お駄賃《だちん》あげるから自分で淹れなさいって言いたかったぁ」

怒っていても不思議ではないセリフを笑顔で並べたて、金城結里香《かねしろゆりか》はみことの向かい側の席に焼き魚定食のトレイを置く。

結里香はみことの同期で、同じく経理課に在籍し仲もいい。この白瀬川《しらせがわ》建設に入社したときからの友だちだ。

「お客さんって、部長と仲のいいビル持ちのおじいちゃんでしょう？　結里香にお茶を持ってきてほしかったんだよ、きっと」

「お金出すからカフェからデリバリーしてくださいって言いたかった」

「結里香はかわいいから、そういう子に持ってきてもらいたかったんだよ」

アハハと笑いながら箸《はし》を持つ。「もぅっ」と唇を尖《とが》らせながらも、結里香も悪い気はしないようだ。

ふわふわのロングヘアを上手《うま》いことバンスクリップでハーフアップ風にまとめている彼女は、その髪型のようにふわふわとした雰囲気を持つ女の子だ。

みことと同じ二十四歳なのだから、女の子、と表現するのもなんだが、女性というより女の子と言ったほうがピッタリくる容姿である。

それは決して児童体形という意味ではなく、スタイルは見事なのにくりくりお目々にぽってりした唇がお人形のよう。とにかくかわいらしいのだ。

「みことちゃんだってかわいいのにぃ。……ほらぁ、うしろのメンズたち、さっきからみことちゃんを気にして見てるんだよ～」

ニヤニヤしながら軽く指を差し、結里香が椅子に座る。背後からは「いやっ、そのっ」と焦った声が聞こえてきた。

いきなり話題にされるとは思っていなかったのだろう。おまけにみことを見ていたのは、そんな甘酸《あまず》っぱい理由からではない。

みことはハアッと息を吐くと、振り向かないまま口調を変えた。

「正確な出費理由を添えて提出してくだされば経費として回せるかもしれませんので、諦めきれないのでしたら再提出してください」

「あ……ぅん、ありがとう、そうするよ」

慌《あわ》てる声とともにガタガタと立ち上がる音。二人はそそくさと立ち去っていった。

「なーんだ、経理トラブルだったの？」

立ち去る二人を目で追って、結里香は色恋沙汰ではないのが残念そうだ。

「出張中のアイスクリーム代。大きな金額だから手土産《てみやげ》扱いにできると思ったんだろうけど、この冬に手土産がアイスって……。なんかおかしくない？　出張先って北海道なんだよ。それも高級ジェラートのお店だよ」

「えー、そこまで考えるの面倒くさいよ。文句言われるくらいなら通しちゃえば？　どうせ会社のお金なんだし」

「そういうわけにいかないでしょっ」

他の人が言ってきたのなら「なんのための経理なの」まで言うところだが、結里香に関しては別だ。

みことは苦笑いにとどめ、焼き魚の身に箸を入れる。

「高級ジェラートなら、女の子たちに差し入れだったのかもよ？　担当者の脇から固める戦術で、部署の女の子たちの機嫌取りに使ったのかも」

「それにしたって、金額が手土産代の範囲じゃないから」

「お金でなんとかなるならいいじゃない」

「相変わらずだなぁ、結里香は……」

「それで自分がやりやすくなるなら、いいと思うな」

アハハと笑い、結里香も焼き魚に箸を入れる。言っていることだけ聞いていれば計算高いズルさが窺《うかが》えるのだが、結里香はこれが素なので、みことも特に突っ込んだものの言いかたはしない。

総じて、結里香はお金関係に無頓着だ。無頓着というより、金銭にあまり重要性を置いていない。

感覚的にいえばお金に困った経験のないお嬢様なので、金銭感覚が普通と違う……。

結里香の祖父は高度成長期と呼ばれた時代の土地成金で、今でも多数の土地建物を所有している。そのおかげでなに不自由なく育った彼女は少々金銭感覚がずれているのだ。

が、悪い子ではない。

仕事はきちんとするし、ふわふわした雰囲気のままとても優しい子だ。

入社のときから「みことちゃん、みことちゃん」と絡まって懐《なつ》いてくるので、みこととしては実家の妹を構っているような気分になる。

「ところで、みことちゃん、明日は暇？」

「明日？」

「うん、暇かなーって。土曜日だしー、休みだしー、予定あるかなー、もしかしてフェアのお手伝いとか頼まれてるんじゃないかなー、でもなー、予定ないといいなー、ないよねー、どうかなー、って」

「ちょ、ちょっと、結里香」

歯切れの悪い口調で、結里香はいまいちハッキリとしない言葉を繰り返す。

どうやら言いづらいことらしく手元の箸を落ち着きなく動かすので、焼き魚の身がボロボロになってきた。

「暇ならつきあってほしいなーって、でも言いづらいなーとか、こんなことにつきあわせるのもー……とか」

「言ってる、もう言ってる。わかったから、お魚、フレークみたいになっちゃうよ」

言いづらいと遠慮しても、絶対につきあってほしいのだというのは伝わってくる。モジモジするあまり無残にもフレーク状になっていく焼き魚の身を救出すべく、みことは結里香のお膳《ぜん》のそばで片手を振る。

「明日の予定はないけど、なに？　どこにつきあってほしいの？」

「ホントー？　ありがとー。付き添い代出すよ」

「いらんっ」

どこにつきあってほしいのかは知らないが、付き添い代とは大げさな。

今までだって結里香と一緒に出掛けたことはあるし、彼女が行きたいと言った場所につきあったこともあるが、付き添い代を出すまで言われたのは初めてだ。

自分の立場を安定させるためにお金を使うことを日常としている彼女が言うと、ワケアリなのではないかと勘繰《かんぐ》ってしまう。

「あのさ……付いてきてもらいづらいな、って感じる場所なの？」

さりげなく探ってみると、箸を揺らす結里香の手がピクリと震える。困っているように見えるが、ちょっと拗《す》ねているようにも見える。

どうしてこんなに迷いながらお願いしなくちゃならないんだろうと、結里香自身が困惑しているよう。

こんな彼女は珍しい。

「あっ、もしかして……」

みことはごくりと空気を呑む。以前、結里香がチラッと「行ってみたいな～」と呟《つぶや》いていた場所を思いだしたのだ。

「綺麗な男の身体ってどういうものか見てみたいから、男の人のストリップを見たいって言ってた、あれ？」

「ちっ、違う違うっ、それも行きたいけど、今回は違うっ」

否定しながらも本音が出るあたり、結構な正直者である。

煽《あお》られてやっと言う決心がついたのか、結里香はグッと身を乗り出し左右をキョロキョロと確認する。

四人がけのテーブルだが、ここには二人しかいない。おまけに窓側なので左右を確認する必要もなければ、みことの背後は無人だ。

そこまで慎重にならなければ言えないことなのだろうか。そう思うとみことまで緊張してきた。結里香に合わせてわずかに身を乗り出すと、やっと彼女の口が開く。

「……お見合いに……付いてきてほしいの……」

「は？」

「お　み　あ　いっ」

みことは目をぱちくりとさせる。一方、目的を告げた結里香はちょっと恥ずかしそうだ。

「……お見合いって……結里香がするの？」

「だから付いてきてって言ってるの」

「だって、なんでその付き添いをわたしに頼むの？」

「一人で行くのはいやだもん」

「なんで一人なの？　お見合いってさ、なんかこう立派な和室で着物なんか着て、両親とかと一緒にお相手と会って、『ご趣味は？』とかお話したあとに『あとは若いお二人で』とかってお庭の散歩に出されて……」

「古いよ、みことちゃん。今のお見合いって、もっとフラットだよ」

「そうなの？」

「……らしい、よ？」

結里香もよくわかっていないらしい。

ひとまず伝えたかったことはわかったので、みことは椅子に座り直す。

「でも、結里香のとこならご両親やお姉さんが付いてきても不思議じゃないけど。お嬢様なんだし」

「……あたしもそう思ったんだけど……。大人なんだから一人で行きなさいって……。親なんか付いていったらお相手に笑われるって、お姉ちゃんが……」

あまりにも歯切れの悪い物言いと、最後の「お姉ちゃん」でピンときた。

結里香には四つ年上の姉がいるのだが、ふわふわおとなしめな妹に反して、なかなかきつい性格の姉なのだ。

普段でも結里香の話を聞いているだけで、上から目線の女王様気質が窺える。姉妹の雰囲気は正反対だ。

おそらく結里香は、みことと同じように両親が一緒じゃないのかと言ったに違いない。それを姉に「古い」と一喝《いっかつ》されて萎縮《いしゅく》してしまったのではないだろうか。

「なんでも、お相手がおじいちゃんのお友だちらしくて……。そんな堅苦しく考えるものでもないから、会って楽しんでくればいい、って」

「お友だち？」

「うん、不動産王っていわれている人なんだって」

「ふどうさんおー……？」

我ながら間抜けな声を出してしまった。不動産王というスケールの大きさに驚くが、結里香の祖父の友人という事実にも驚く。

そこから考えれば、このお見合いの相手というのは結里香の祖父と同じくらいの年齢の男性、高齢の男性ということではないだろうか。

不動産王などという肩書きを持つ高齢の男性が、一対一でお手軽なお見合いをするとも思えない。

とすれば、友人を利用してちょっと若い女の子と話がしてみたい、程度の軽いノリではないのだろうか。

（堅苦しく考えないで会って楽しんでこい、ということは、やっぱり、お茶でも飲んで楽しくおしゃべりしてこい……程度のことでは？）

相手がどんな人物かわからないまま楽しくおしゃべりできるのかは疑問だが、結里香の祖父だって自分の孫娘におかしな男を引き合わせようとはしないだろう。

お見合い、と言ったのも、ちょっと大げさな表現にしてみただけではないだろうか。

とは思うが、それで大切な友だちが戸惑っているのだ。それなら手を差し伸べなくては。

みことは箸を持ったまま、こぶしで胸を叩《たた》く。

「任せて。付き添いでもなんでも行ってあげる。ようはその人に会って楽しくおしゃべりしてこい、ってことなんでしょう？」

「わー、ありがとう、みことちゃんっ。ほんとにごめんね、付き添い代出すからね」

「いらないってば。もう、あらゆるところにお金を投入しようとしないの」

「みことちゃぁ〜ん」

よほど嬉《うれ》しかったのか、結里香は両手を顔の前で握り合わせ、祈るように〝ありがとうポーズ〟を作る。

「ありがとぉ……、ほんとはね、心細かったんだ……」

照れくさそうな顔をして半べそ顔を隠そうとする結里香は、なんとも健気《けなげ》でかわいらしい。

いきなり祖父の友人と見合いをしてこいと言われれば何事かと思うし、一人で行くとなれば不安しかない。

そんなわけのわからない見合いには行きたくないと言えばいいのだろうが、言えるか言えないかは相手にもよる。

祖父や両親ではなく、一番苦手としている姉に言われたとなれば、結里香はなにも言い返せなかったに違いない。

そんな彼女に頼られているのかと思えば、みことの世話焼き気質が動いてしまう。みことは身を乗り出し、よしよしと結里香の頭を撫でた。

「……みことちゃんみたいなお姉ちゃんだったら……よかったのに……」

社食の雑踏に紛れる呟きに、結里香の気苦労が見えてしまった気がした。


十二月に入ると、どこもかしこもクリスマスムード一色になる。

商業施設のみならず公園や駅、一般家庭の庭先にもイルミネーションが煌《きら》めき、またそれが大きく豪華であればあるほど、なぜかクリスマスというイベントへの貢献度《こうけんど》が高いように感じてしまう。

……と、みことは常々思っている。

「ふぁ〜、でかぁ〜……」

我ながらとぼけた声が出てしまったと思う。初めて見るタイプの大きく豪華なクリスマスツリーだったので、つい見上げたまま開いた口もふさがらなくなってしまった。

アトリウムロビーに輝くシャンデリアにも負けない、五メートルはあろう巨大なクリスマスツリー。

高級ホテルで名高い、グランドクラウン・ガーデンズホテル。

行きかうゲストを見ているだけでホテルのグレードの高さが窺える格式高いロビーに、みことは一人たたずんでいた。

「まだかな……、結里香」

心の声を口に出し、ちょっと大きな動きでコートの袖をまくって腕時計を確認する。見るからに〝待ち合わせです〟という雰囲気を出してしまうのは、この場が自分には不釣り合いに思え、居心地の悪さを感じているからだ。

グランドクラウン・ガーデンズホテルの、ロビーに飾られたクリスマスツリーの前で十六時に。それが、お見合い相手との待ち合わせ場所だ。そしてその三十分前に結里香と待ち合わせをしている。

結里香との約束の時間から、すでに十五分が過ぎた。のんびりおっとりとしているが、約束の時間を守れない性格ではない。

むしろ時間は守るほうだ。

（身支度に時間がかかってるとか？　一応はお見合いの当人だしなぁ）

そんなに気取った服装でくるつもりはないと言っていたし、みことも別にかしこまらなくてもいいと言われている。それでも付き添い役らしく、無難でおとなしい、且つお行儀のいい服装にはしたつもりだ。

前ボタンの紺色ワンピースは特に目立ったデザインでもなく、取り外し自由の白いラウンドカラーとカフスが唯一のアクセント。

これにライトな杢《もく》グレーのコートとなれば、付き添いでございますと全身で言っているようなものだろう。

相手がどういった男性なのかはわからないが、地味な子が一緒に付いてきたなと思ってくれればいい。

だが、地味目を意識しているせいもあって、よけいに場違い感がすごいのだ。

ロビーにいる人たちが派手派手しいという意味ではない。服のデザインがおとなしかろうと色がひかえめであろうと、みんな地味というよりは……上品なのだ。

それなので、よけいに自分が地味に感じてしまう。

しかし今は、地味さが逆に目立っている自分より結里香が気になる。そろそろお見合い相手との約束の時間だ。

コートのポケットでスマホの着信音が響き、みことは素早く応答する。

案の定、結里香からだったのだが……。

「……事故？」

『そうなの～。なんだか渋滞していておかしいおかしいと思ったら、この先で事故があったらしくて。まだ全然抜けられそうもないの』

それならこられないのも納得できるとしながら、みことは念のため確認をとる。

「結里香、もしかして、タクシー？」

『うん、そうだけど？』

駅に近いホテルなんだから電車でくればよかったのに、と言いたいところだが、おそらく彼女には電車で駅まで来てそこから歩く、という選択肢はない。

みことは軽く息を吐き、とりあえず目下の解決事項を口にした。

「どうする？　もうお相手さんとの約束の時間だけど……。電話で……」

『みことちゃん、断っておいてくれる？』

「は？」

現れる前に電話で断れば、と提案しようとした矢先に、結里香から驚きの発言。さらにそこから続く話に、みことは驚愕《きょうがく》する。

『あたし、お相手の連絡先知らないし』

「はぃ？」

『知らないといえば顔も知らないんだよね。ただ待ち合わせ場所を教えられただけだから。だから、そんな大切なものじゃなくて気軽なお見合いなんだろうなって思えた、っていうのもあるんだけど』

「はぁ……？」

『堅苦しく考えなくてもいいけど、おじい様の顔を立てるために行くだけは行きなさい、って言われてて……。だからみことちゃん、来るはずだったけど事故でこられなくなったんです、って言っておいてくれる？　そうしたらみことちゃんも帰れるし』

「……あのさ、じゃぁ、連絡先を知っている人に、『行けなくなったんだけど』って連絡してもらったほうが……」

『お姉ちゃんに？』

みことの言葉が止まる。結里香の口調が、それはそれはいやそうなトーンになったからだ。

なにかと問題ありの姉妹関係。事故で待ち合わせ場所に行けなくなったなどと言えば、結里香が嫌みを言われるのは想像できる。

（まぁ……かわいそう……だよね）

なんだかよくわからないノリのお見合いを押しつけられ、姉の威圧にビクビクしながら見ず知らずの男性に会わなくてはならなかったところ、不運にも事故のあおりを喰《く》って待ち合わせ場所に行けない。

……不可抗力ではあれど、そんな事情を説明すればどんな嫌みを言われるかと、いくらふわふわした彼女でも焦りで胃が痛いに違いない。

『……みことちゃん……ごめんね……』

さらに聞こえてくるのは、消え入りそうな情けない声。

窮地《きゅうち》に陥った友を見捨てられるものか。みことは俄然《がぜん》張りきりだす。

「わかったっ。こっちのほうは大丈夫。ちゃんと断っておくから安心して。結里香は渋滞を抜けたら帰ってゆっくり休んで。急にお見合いとか言われて、わけわかんないし言い返せないしでつらかったんでしょう。大丈夫、わたしがなんとか収めるから、気にしなくていいよ」

『みことちゃぁん……ありがとぉ……。あたし……ほんとに、みことちゃんと友だちになれて……うれしいよぉ……』

結里香はすでに泣き声だ。友だちに感謝されるのはくすぐったいが、友のためになにかできたのだと思うと嬉しいものでもある。

……しかし、そのあとが悪かった。

『ありがとぉ……、お断り代行代、出すからね……』

「いらん、っての」

善意の友情を、お金で勘定してはいけない。

特に問題がないようなら、あとは週明けに会社で報告会をしようと話をまとめ、みことは通話を終える。

なんだかんだと話をしているうちに、すでに約束の時間だ。そろそろ問題のお見合い相手が現れるころだろう。

きょろきょろと周囲を見回すと、一人の男性と目があった。

彼はニコニコと微笑《ほほえ》みながらみことのほうへ歩いてくる。この人だろうかと思うが、三十代半ばほどの男性だ。予想より若い。

目があったから近づいてきただけかもしれない。ちょっと身構えるも、そんな街角のナンパ男のような雰囲気でもないのだ。

ナチュラルなパーマヘアとメガネが似合う整った面立ちは、警戒心を忘れさせるおだやかさを持っている。スーツ映えするスラリとした体躯《たいく》はモデルのようだ。

「失礼いたします。金城様のお嬢様でいらっしゃいますか？」

丁寧で優しい口調。それに誘われるように、みことは背筋を伸ばし「はいっ」と勢いで返事をしてしまった。

（ち、違うっ、正確には〝お嬢様の付き添い〟だって！）

慌てて訂正しようとしたが、男性はみことと同じように背筋を正し、スッと綺麗なお辞儀をした。

「わたくし、旦那様の世話係を申し付かっております、新原《にいはら》と申します。本日はご足労いただき恐縮でございます」

「い、いいえ、とんでもございませんっ」

「旦那様は上階でお待ちです。ご案内いたしますので、どうぞこちらへ」

「あっ……」

訂正させてもらう間もなく、新原と名乗った男性は片手を前に出してみことに道を示し、自分も歩きだす。

彼はお見合い相手のお世話役というポジションらしい。やはり不動産王ともなれば、高齢ということもあってお世話役がいるのだろう。

本人は上階のレストランででも待っているのかもしれない。とすれば、みことが来る前からいたのだろうか。

本来のお見合い相手である結里香がこられなくなったという話は、本人にしたほうがいいだろう。みことは丁寧に謝って帰ればいいだけだ。

（……それにしても）

エレベーターに乗って目的のフロアを目指すなか、みことはチラリと新原を見る。

スーツではなくポロシャツやエプロンなどを着用していたのなら、近所の保育園の保父さんと間違ってしまいそうなくらいおだやかな雰囲気を持つ人だ。

見知らぬ男性とエレベーターで二人きりなんて気まずいに決まっているシーンで、まったくそれを感じさせない。

（こんな人にお世話されているなら、きっとおだやかなおじいちゃんなんだろうなぁ。）

そう思うと少し緊張がほぐれてきた。そのせいか、結里香のほうは上手く渋滞を抜けただろうかと心配する心の余裕も生まれてくる。

エレベーターを降りると、一階のエントランスを凝縮したような豪奢《ごうしゃ》なロビーが目に入る。新原について廊下を進むものの、通路は呼吸の音が聞こえてしまいそうなほど静かで、レストランがあるような雰囲気ではなかった。

「こちらです」

新原が立ち止まったのは、金色の枠取りが施された気品あるドアの前。これは客室ではないのだろうか。

「新原です。金城様をお連れいたしました」

インターフォンに向かって話しかけると、待ち構えていたのかと思う速さでドアが開く。しっかりとネクタイを締めてはいるがソノ筋の人といわれても信じてしまいそうなレベルで強面《こわもて》の男性が顔を出し、みことは思わず「ひゃっ⁉」と小さな声をあげてしまった。

室内にいたということは、まさかこの人が……。衝撃が走るものの、男はドアを開けたまま身体をよけて頭を下げた。

新原は普通のこととばかりに通りすぎていくが、みことは萎縮《いしゅく》してしまい一緒になって頭を下げて前を通る。

「ボディガードです。お気になさらず」

みことの様子に気づいたのだろう。振り返った新原がにこりと笑う。

室内に入ったのはいいが、どう見てもここはレストランではないし、だからといってカフェでもない。

とても広い部屋、だからといってイベントホールや会議室でもない。

普通に客室だ。海外リゾートの豪華な部屋ばかりを並べたグラビアにも負けない内装を感じさせる室内を見る限り、客室の中でも高価な部類の部屋、名前だけは聞いたことのあるスイートルームというやつではないのだろうか。

新原が立ち止まったのを見て、みことも足を止める。目の前のソファに座る人物に一礼し、彼は横によけてみことを手で示した。

「金城様をお連れいたしました」

そこに座る人物を見て、みことは動けなくなる。

動いてはいけない。

目もそらしてはいけない。

――彼の許可なく、視線のひとつも動かしてはならない……。

そんな圧に、全神経を犯される。

「――おまえが……金城の孫娘か？　聞いていたのとはイメージが違うな」

そこにいるのは間違いなく人間の男性だ。長い足を組み、ソファに背を預け、形のいい指を身体の前で組んでいる。

精悍《せいかん》な体躯を三つ揃《ぞろ》えのスーツで包んでいる彼は、三十代半ばといったところだろうか。男性的な造形美の塊《かたまり》といっても決してお世辞にはならない美丈夫だ。

ただ、確かに人間ではあるのに、……その眼差《まなざ》しは獣のよう……。

（まさか、この人……？　でも、若すぎる……）

相手は結里香の祖父の友人なのだ。不動産王という肩書きを持っていると考えても、こんなに若い男性のはずがない。

彼の視線が突き刺さる。なにかを探るような眼。心の中すべてをえぐられて、彼の前にさらされる、恥辱的な錯覚をおこす。

清らな水にやましいものをすべて切り刻まれてしまいそうな、清冽《せいれつ》なまでの鋭さを放つ眼差し。

そんな瞳に囚《とら》われて……動けない。

「話がしつこいから、少々無茶な条件をつけたつもりだったんだが……。それでものこのこやってくるとは、いい度胸だ。よっぽど俺との縁を深くしておきたいらしい」

仕事柄、金城の祖父が不動産王と異名を持つ人物と親交を深めたいのは当然だろう。

この人が、本当に不動産王本人なのだろうか。

「てっきり、そんな失礼な話は断ると言ってくると思っていたが。この条件で来るなんて、家のため、じゃなきゃ、よっぽどのアバズレだな」

「なっ……」

考える前に不快な声が出てしまった。

彼がなにを言っているのかわからない。彼は、このお見合いに乗り気ではなかった、ということなのだろうか。

それもお見合い相手がやってきたことを蔑《さげす》んでいる。まるで強欲な一族の女が、金目当てでやってきたと馬鹿にしているようだ。

（結里香はあんなに悩んでいたのに……。アバズレとか、ひどい……）

金城の祖父が、どんなつもりでお見合い話を取り付けたのかは知らない。

それが姉から結里香に伝わって、気楽に行ってお茶でも飲んでくればいいと言われ、本人はずいぶんと悩んでいた。

当然だ。気軽にとは言われても、お見合いなんて、もしかしたら自分の一生を決める話になるかもしれないことなのに。

「……あの……」

両手をグッと握りしめ、みことはやっと声を絞り出す。かすかな言葉も震えてしまっていたが、ここで黙っていてはいけないと勇気を振り絞った。

「貴方《あなた》が……お見合い相手、……ご本人なんですか……？」

「千石稜牙だ。話が進むとは思っていなかったから写真の確認もしなかったが、名前くらいは聞かされているだろう」

「あ……いえ……」

結里香は名前もよく知らなかったのではないだろうか。彼女の口から出なかったということは、あやふやだったのかもしれない。ただの付き添いだからと思って、みこともあえて聞きはしなかった。

「おまえは……金城……ゆか、だったか、ゆりこ、だったか……」

「結里香ですっ。結ぶ里の香り、って書きます」

名前も知らないままで失礼だったかと感じた想《おも》いは吹き飛び、みことは全力で結里香の名前を申告する。

なんてことはない、この千石稜牙という男性だって、名前もあやふやなままここに来たということなのだ。

「……結里香様……ですか……？」

不思議そうにぽつっと呟いたのは新原だった。稜牙に「なんだ？」と問われるが、口に出すまでもないとばかりに「いいえ」と辞退する。

しかしここで名前の確認をしあっている場合ではない。当人がこられなくなった事情と、自分は付き添いであることを説明しなくては。

「あ……あのっ、それで……です、ね……」

「なんなんだおまえは、さっきから。きちんと話せないのか」

厳しい言葉と怜悧《れいり》な眼差しが突き刺さり、みことの言葉は動きとともに止まる。彼の視線に射貫《いぬ》かれるたび、全身が冷えておかしな汗がにじんだ。

すると、新原がさりげなくみことの前に立って稜牙の視線を遮った。

「いけません、旦那様。そのように話されては、金城様がおびえてしまいます。口数の多い地上げ屋と話し合いをしているのではないのですから、もっとこう、女性に接することを意識して優しくしてください」

諭《さと》してくれる彼が救世主に見える。さりげなくからかったのか本気なのか、こんな逆らったら喉笛を嚙《か》み切られてしまいそうな迫力で〝話し合い〟などされては、地上げ関係の人たちも口数が少なくなってしまうに違いない。

わずかに眉を寄せた稜牙は無言になるが、諦めたと言わんばかりに息を吐きソファから立ち上がった。

「わかった。条件を承知でここまできたんだ。それなりの扱いをしろってことだな」

わかってくれましたかと言わんばかりの笑顔で新原がよけると、みことの目の前には稜牙が立つ。

座っているときとはまた違って、大きな身体で前をふさがれると迫力倍増だ。よけいに身がすくむ。

（お……大きい……、なんセンチあるの……この人……）

一五五センチのみことが見上げる大きさ。間違いなく頭ひとつぶん以上はある高身長だ。

巨大な壁が立ちはだかっている気分になる。思わず後退しそうになったとき——スッと壁が縮んだ……。

……のではない……。

稜牙がかがんだ。いや、跪《ひざまず》いた。

そして彼は、みことの右手を取り……。

「臆せず、よくここまで来てくれた。俺が千石稜牙だ」

みことの手の甲に、唇をつけたのだ——。

「ひゃっ……!?」

いきなりのことに驚き、身体が硬直したついでに握られた手の指がピンっと伸びる。すると手のひらを表にされ、そこにも唇をつけられた。

「冷や汗をかいているのか？　怖がらせてしまったようだな。すまない」

怖さしか感じなかった声にしっとりとした色が加わり、彼の表情にも艶がさす。

体温の上昇に音があるなら、みことの全身はケトルが勢いよく沸騰《ふっとう》したときのようなシュゥウゥッ……という音がしたことだろう。

いきなりの体温上昇に目が回る。顔どころか頭のてっぺんまで熱い。

「……ぁ……」

口をぱくぱくするも、声が出ない。唇をつけられた右手の跡が、どう言ったらいいかわからないくらいむず痒《がゆ》くて仕方がない。

そんなみことを、稜牙はわずかに目を大きくして眺める。この反応を驚いているような、呆《あき》れているような。

いくら女性らしく扱えと言われたからって、対応の温度差がすごくはないか。極端すぎて呆れたいのはこっちですと言ってやりたいが、口は金魚のように動くばかりでまともに言葉が出てこない。

（やだ、もぅ、恥ずかしぃ！）

おまけに稜牙は、いつまでもみことをじぃっと凝視している。

そんなに真っ赤になった女が物珍しいのだろうか。それとも間近で見ると面白い顔だとでも思っているのだろうか。

「なるほど」

いきなりニヤリとされ、痛いほど心臓が跳ね上がった。

その顔のまま立ち上がった稜牙は、顔を向けないまま新原に話しかける。

「予定通りに進める」

「かしこまりました。では、済みましたらお呼びください」

「十分後かもしれないし一時間後かもしれない。明日の朝になるかもしれない」

「結構でございます。では」

新原は頭を下げると、リビングの入口で待機していたボディガードを連れ立って部屋を出ていった。

二人きりにされてしまったことに気持ちは焦るが、しかしこれは、お見合いでよくある「あとはお二人で……」というシーンなのかもしれない。

だとすれば、今こそ結里香のことをきちんと説明するときではないだろうか。

「千石さ……」

「見れば見るほど、言われていた雰囲気と違うな」

「それはわたしが……」

「男友だちが多いし交友関係も広いから、男の気持ちはよくわかる。……という説明は、早い話が男遊びが激しい淫乱女《いんらん》だ、って意味だと思ったが」

「なっ……！」

これは失礼極まりない解釈だ。金城の祖父は、誰とでも気兼ねなく接するから知人も多い、という意味で結里香の話をしたのではないのか。

間違ってても結里香は、男好きで誰とでも関係を持つような女性ではない。

「それとも、真逆に見えるようにふるまっているだけか」

「そんなことは……！」

「まぁ、どちらでもいい」

いきなり身体が浮き上がる。驚いて身を縮めるが、稜牙にお姫様抱っこの形で抱き上げられていることに気づいて、さらに身体が固まった。

「さっきのおまえの反応が気に入った。続行する価値はある」

「は……反応……？」

どの反応のことだろう。動けなくなったことだろうか、言葉も出なくなったことだろうか、それとも……真っ赤になってしまったことだろうか。

それも気になるが、この体勢はもっと気になる。本来はロマンチックな体勢だと思うが、軽々と持ち上げられ自分の意思と関係なく運ばれているのだと思うと、ロマンもなにもあったものじゃない。

あるのは、焦りと恐怖だけだ。

「あのっ……おろしてくださ……」

「もちろんだ」

言われた瞬間放《ほう》り投げられ、驚きのあまり肩からバッグのストラップが滑《すべ》る。床に落ちてしまったのはわかったが、それに構っていられる余裕はない。

バッグと同じように、みことの身体もベッドの上に落ちたのだ。

「なにっ……！」

驚いて上半身を起こそうとしたが、すぐに両肩を掴まれベッドに押さえつけられた。

「ずいぶんと地味な清楚《せいそ》系でキメてきたな。手を舐《な》められたくらいで真っ赤にはなるし、初心《うぶ》なフリでもして落としてこいと、あの強欲爺《じい》さんに言いつけられたか」

「そんなことは……」

「しかしワルくない。おかげで俺もその気になった」

「その気って……あっ！」

肩から離れた手がコートの前を大きく開き、ワンピースのボタンを外しはじめる。

驚きのままその手を掴んで引き剥《は》がそうとするが、彼の手はびくともせずボタンをどんどん外していく。

ウエストまで外されたところで、コートと一緒に身体から引き抜かれた。

「あっ……！」

自分でも驚くくらいなんの抵抗もできない。手足を動かし彼から逃げようと身体を揺らすのに、それがまったく通用しないのだ。

みことの抵抗など小動物の悪足掻《わるあが》きにすぎないとばかりに、彼はまったく気にしていない。

「やっ……め……！」

無我夢中で動く身体が、かろうじて上半身を隠すようにうつ伏せになる。その身体をうしろから抱きこまれ、無理やり起こされて抱きすくめられたままベッドに座らされた。

「どうした、いきなり怖くなったか？　結婚まで進めたいのならその場で婚前交渉が条件だ、なんて話にのってきておいて。俺を落としてその気にさせなきゃ、あの業突張《ごうつくば》りに叱られるんじゃないのか？」

「婚前……」

サァッ……と血の気が引いた。――これは、ただのお見合いではなかったのだ。

それも稜牙の話から察するに、彼は乗り気ではなかったところ、金城の祖父がお見合いを押し進めようとしたのだろう。

それも最初から結婚を視野に入れて会うというもの。お見合いに気乗りしなかった稜牙が出した条件は……。

これはお見合いというより、メインは婚前交渉のほう……。

「しかし、悪い案ではなかったな。結婚するとなれば身体の相性は大切だ」

耳元で囁《ささや》いた唇が、耳の輪郭を食《は》む。初めての感触がパァンと弾《はじ》け、みことは大きく身体を震わせた。

「ずいぶんと感度がいいな。真っ赤になったのもヨかったが、これはこれで楽しみだ」

「あの……わたし……！」

このままじゃ駄目だ。本当にこのままじゃ、人違いをされた状態でみことはこの男に抱かれてしまう。

説明しなくてはならないと思うのに、稜牙の腕の強さと、そこにいるだけで押し潰されそうになる存在感が言葉を阻《はば》む。

みことの全神経が畏怖《いふ》し、反抗に値《あたい》する態度がとれない。

「あっ……！」

稜牙の両手が腹部をまさぐり、ブラジャーの上から胸のふくらみを包みこむ。大きくゆっくりと揉《も》み動かされ、同じくらいゆっくりとムズムズしたものが走るみことの身体は、じれったそうに揺れ動いた。

「着やせするのか……思ったより大きいな。ブラジャーでごまかしているだけか、見せてみろ」

「え……？　やっ……！」

押さえるまでもなくブラジャーを取られる。いささか乱暴に取られたせいか、柔らかなふくらみがたうんっと揺れた。

それを腕で隠そうとする前に、稜牙の両手で覆われる。

「どうやら、ごまかしではないようだ」

「やっぁ……」

柔らかなふくらみが、形を変えてしまいそうなほど揉みしだかれる。刺激に慣れていない柔肌はこねられるごとに痛みが走り、みことは稜牙の両手を押さえて身をよじった。

「や、め……やめてくださっ……あっ……」

「どうした、こんなもんじゃ足りないか」

「ちがっ……ンッっ！」

稜牙の片手が両脚のあいだにねじ込まれる。無防備なあわいを捉え、指先でストッキングを撫でた。

「やっ……！」

思わず内腿《うちもも》を閉めるが逆効果だ。挟まれた指が脚の付け根で強く動く。

「やだっ……やっ、ぁ……あっ……」

稜牙の手を離そうと両脚を開くものの、指の動きは激しくなり、かえって動きやすくしてしまっただけ。

胸のふくらみを掴む手は、揉みこみながら親指と人差し指で頂《いただき》を挟み、左右から圧すように刺激を与えてきた。

「や……やめ……てっ、ぁっ……」

「どうした。もう力が入らないのか」

手を離してほしくて彼の手を掴んでいたはずなのに、その両手に力が入らない。

生まれて初めてもたらされる性的な刺激。体内で発生するこの感覚に全身のバランスがおかしくなっていく。手足に力が回らず、胸や腰の奥だけが妙に熱い。

「ぁっ……ふ、ぅっ……ン……」

息を吐こうとするたびに一緒に漏れる、切羽詰まったような吐息の途切れはなんだろう。呼吸はしているはずなのに、胸が苦しくて、熱い……。

「こっちを向け」

耳元で囁かれる命令に抗《あらが》うことができない。それでもみことは顔をかたむけ、ささやかな抵抗を試みる。

「や……めて、くださ……ぁ……」

途切れる呼吸と一緒に出る声は、抵抗と呼ぶには弱すぎる。冷や汗がにじんでいたはずのひたいが、今は熱い。

あまりのことに困惑して、頭がショート寸前なのではないかと思うくらいだ。

相変わらずみことを射すくめる双眸が、わずかに見開かれたような気がする。なにかおかしな顔をしていただろうか。それとも、よっぽど憐《あわ》れに見えているのだろうか。

「……ますます……、やめる気がなくなった……」

稜牙の唇が重なってきて、みことは思わずキュッとまぶたを閉じる。

唇をつけては離し、離してはつけ、ときおり吸いついていく。吸いつかれたときには唇が開いてしまいそうな気がして、意識して下唇を噛んだ。

それでも胸のふくらみをもてあそばれ、刺激を与えられたことのない場所を指で擦《こす》られ、鼓動が高鳴るあまり息が苦しい。

耐えられなくなって口が半開きになったところに厚ぼったいものが押しこまれ、口腔《こうこう》内を蹂躙《じゅうりん》される。

「ンッ……あっ、ふ、ぅ……」

口を半開きにしてなにもできず、稜牙のなすがまま彼の舌を受け入れるしかない。

他人の舌が自分の口に入ってくるなんて信じられない行為なのに、そのことに不快感もなにもない自分が不思議すぎる。

なにもないわけではないのだ。そんな感情を意識するだけの心の余裕が持てないだけ。

焦りと戸惑いが大きすぎて、気持ちをどこに持っていったらいいのかわからない。

「ハァ……ぁ、ハ、ァ……あ」

吸った吐息を漏らすのが精一杯。口の中に溜《た》まった唾液《だえき》を嚥下《えんげ》することもできず、唇の端からタラタラ垂れているのが恥辱的だ。

（恥ずかしい……）

なにからなにまでなすがままにされて、口も手も出ない。力はもちろんだが圧倒的存在感の前に、みことの全神経がひれ伏してしまっている。

どうして……こんなことになってしまったんだろう……。

人違いをされたばかりに、本人ではないと言えなかったばかりに……。

（でも、もし……わたしがこんなことになっていなかったら……）

逆に、結里香が稜牙の手にかかっていた。

おそらく彼女も、これが婚前交渉を前提とされたお見合いだとは知らされていなかったのではないだろうか。

結里香にこの話を伝えたのは彼女の姉だ。逆に姉のほうは、このお見合いの詳細を知っていたのかもしれない。

知っていて、……伝えなかったのだ。

伝えれば結里香はいやがるだろう。

結里香がお見合いを拒否したら、この話は姉に回ることになっていたのかもしれない。

（結里香……）

少々浮世離れしたところはあるが、ほんわりとした優しい子だ。

姉と仲が良くないというより、一方的に向こうが嫌っている感じもあり、傲慢な気性で妹を抑えつけるので、ときどき結里香から相談を受けていた。

相性が合わない、生理的に癇《かん》に障《さわ》るというやつかもしれないが、こんなワケアリのお見合いになんの説明もしないなんて、結里香があまりにも不憫《ふびん》ではないか。

「おい、目を開けろ」

唇がかすかに離れたあとに、下される命令。荒くなる呼吸を隠せないまま薄っすらとまぶたを開いていくと、溜まっていたらしい涙がボロボロとこぼれてきた。

「え……ぁ……」

自分で泣いていることに気づけなかったせいか、なんだか悪いものを見つかってしまった気がして身体が震える。

慌てて顔をそらして前を向くと、うつ伏せに押し倒され身体を返される。もしや涙など見せたから怒ったのだろうか。

怒鳴られるかもしれない。

みことは恐怖に身を縮め、キュッと目を閉じる。

「……泣くな」

(——え……?)

「覚悟をしてここへ来たんだろう。爺さんの顔を立てるためであったとしても、自分の決意を途中で投げ出すな」

声は厳しいものだが、そこには慰《なぐさ》めるような柔らかさがある。おまけに目尻に感じる心地よいくすぐったさは稜牙の唇だ。

みことの涙を静かに吸い取り、こめかみにキスをしてくれる。そのおだやかさに惹《ひ》かれてまぶたを開くと、残っていた涙も流れて、それを舌ですくいとられた。

「女に泣かれるのは……苦手だ……」

わずかに困っているような表情は、視覚からみことの胸に突き刺さる。

——心臓が停《と》まってしまいそうなほど……綺麗だ……。

男の人を綺麗とか……失礼なのかもしれないが、その言葉でしか表しようがない。この凄絶《せいぜつ》な艶《つや》を、他にどう表現したらいいのかわからない。

最初に見たときから息が止まるようなイケメンだとは思ったが、眼光炯々《けいけい》とした眼差しをゆるめるだけでこんなにも表情が変わるものだろうか。

「まあ、処女がいきなりあんな扱いを受ければ、泣きたくもなるのかもしれないが」

「えっ⁉」

驚いて上半身が浮きかかる。そうすると自《みずか》ら稜牙に密着しにいく形になると悟って、ブレーキがかかった。

「あの……わたし……」

あたふたしはじめるみことを見て軽く笑うと、稜牙は上を向くみことの胸の頂を、軽く指で弾く。

「ひゃっ……」

予期せぬタイミングで加えられる刺激に胸を引く。すぐにそのふくらみを鷲掴《わしづか》みにされた。

「こんなことをされるのは初めてでございます、って反応ばかりして。最初は芝居かとも思ったんだが……。やっぱり処女か」

「わ……わかるものなんですか……」

「男をナメているのか」

「すっ、すみませんっ」

ギロリと睨まれてしまい、ゆるみかかった緊張の糸が再び引っ張られる。慌てるみことの胸から手を離し、稜牙はおもむろにスーツの上着を脱いだ。

「教えられていた特徴とまったく違うのは不思議だが、金城の爺さんも男慣れした娘だと言っておけば存分に楽しんで満足してくれるだろうとでも思ったんだろう。ハッ、本当に強欲ジジイだな」

喉の奥で嘲笑《あざわら》い、稜牙はグイッとネクタイをゆるめる。ウエストコートのボタンを外しながらため息をつき、みことを見た。

「……今さら隠すのか？」

「なんとなく……」

稜牙の手が離れてすぐ、みことは両腕をクロスさせて胸を隠していた。本当に今さらかもしれないが、さらしたままにしておくのも恥ずかしかったのだ。

「なんとなくでも理由があるだろう。人間は理由があるから動くんだ」

「……目が……怖くて……」

「目？」

ウエストコートをベッドの下へ放り、稜牙は眉をひそめる。たじろぎながらも、みことは首を縦に振った。

「たまに言われるが、そんなに怖いか？　ちゃんと言葉で言え」

「は、はい……すみません……。怖いです……」

「おまえが、処女なんですって言えないくらいか」

「はい……。言ったら……殺されるかと思うくらい怖かったです……」

「感じているくせに、やめてくださいとかふざけたことを言うくらいか」

「は、はい……、え？」

強い口調で質問を繰り返されるので、そのまま勢いよく返事をしてしまう。返事をしてはいけない質問までされた気がして、驚きつつ彼を見た。

「面白いやつだ」

喉の奥で楽しそうに笑い、稜牙はブレイシーズを外しトラウザーズのフロントをくつろげる。

一連の流れにドキリとしたみことの胸の内を知ってか知らずか、彼は物憂《ものう》げに呟く。

「……そんなこと……言った女は初めてだ……」

みことの胸が痛いほど高鳴る。

理由はふたつあった。ひとつは、とても失礼なことを言ってしまったのかもしれないという焦り。もうひとつは……。

（——綺麗……）

彼をまたもや……綺麗と感じてしまった……。

「隠すな。手を外せ」

しかし見惚《みと》れる間を与えられることなく、王様の命令は下される。稜牙はネクタイを首から取ると、ピンっと横に引いた。

「隠すなら、両手を縛ってベッドにくくりつけるぞ」

考える前に手を胸から離して身体の横へ置く。気をつけ、の姿勢になっている自分が我ながらおかしいが、笑っている余裕はない。

そんなみことを見てクスリと笑い、稜牙はシャツを脱ぎネクタイと一緒に放った。

「おまえを怖がらせるような目はしないから、隠すな」

「本当……ですか？」

「本当だ。もし怖がらせたら……おまえが言うように、やめてやってもいい」

「えっ！」

思わず張りきった声が出てしまったが、もちろん眉をひそめられた。

「……だからって、わざと怖いとか言ったら、朝まで寝かせてもらえないと思え」

「……ひぃ……」

ひかえめにおびえた声が出てしまうが、睨まれなかっただけいいのかもしれない。

「……やめられるわけがないだろう」

無防備にさらされた胸の隆起を、稜牙の両手がたどっていく。脇から裾野へ、丸みを撫で、手のひらで頂《いただき》を撫でた。

「あっ……ぅ……」

ビクンと上半身が波打つ。驚くくらいのむず痒さが胸で弾けたのだ。

「おまえは不思議そうな声を出したが、ここはさわられて気持ちよくなると固くなって勃《た》ち上がる。男と同じだ。……自分でさわったことがあればわかっているだろう」

「しっ……知らな……ぁっ、や……」

どんどんむず痒さが胸に溜まってくる。頂を擦り回す稜牙の手から胸を隠してしまいたいが、隠さない約束をしているのでそれができない。

刺激に耐えるために、身体の横で強くシーツを掴んだ。

「やっ……擦らな……あっ……」

「さっき俺にさわられたのがよほど気持ちよかったんだな。いい感じに固くなっている。わかるだろう」

「わ……わからな……ぃ、ぁっ、それ、やめ……」

自分の胸でなにが起こっているのかわからない。頂にある小さな粒を彼に擦り回されると、重苦しいのに心地よい熱が上半身に広がっていく。

「わからないなら、見せてやる」

両胸のふくらみを横から両手で掴み上げ、見ろとばかりに揺り動かされる。意識しなくてもそこに目がいった。

頂上に君臨する小さな突起がぷっくりと膨らんで、熟した果実のようになっている。ベッドルームの薄暗さの中でもわかるくらい紅潮《こうちょう》して、白い肌の上で自己の存在を主張した。

「誘われているみたいだ」

「やっ……ぁ……！」

稜牙の舌が先端で彼を待つ桜色の果実に擦りつけられる。じっとりと丹念に舐めしゃぶり、みことに見せつけるように舌を回した。

「あっ……ぁ、やぁ、くすぐった……ぃ……」

先端だけではなく、その周囲に広がる霞《かすみ》までもが彼の唾液でツヤツヤに濡《ぬ》らされ、この行為を喜んでいるかのよう。

「や……、舐めな……ぃでぇ……ンッ、ハァ……ぁ……」

むず痒いものが胸に広がって堪《たま》らない。自分で掻《か》きむしってしまいたいくらいムズムズする。

「わかった。舐めない」

願いを聞き入れてもらえたのに、なぜか安心できない。艶を残した綺麗な双眸が、あざとさを漂《ただよ》わせて上目づかいにみことを窺う。

こんな目をされて、安心などできるものか。

稜牙は言葉どおり舐めるのをやめ、頂を咥《くわ》えこみ唇全体でちゅぱちゅぱと吸いたてた。

「あぁ、やっ……ぁンッ……」

舐《ねぶ》られるのとは違う、広がっていたむず痒さを吸い取ってもらえそうな刺激だ。それはとても心地よくみことの官能のスイッチを入れる。

「あっあ、やぁっ……」

もう片方のふくらみを揉みこまれ、指の腹ですり潰されてはつまみ上げられる。またそのタイミングが吸引と同時なので堪らない。

「ハァ、ぁぁあっ……やっぁぁン……」

上がる息と一緒に漏れる声が自分のものとは思えない卑猥《ひわい》さだ。こんな声が出てしまうのはもちろん初めてだった。

吸引されるのは蕩《とろ》けるくらい刺激的なのに、いちいち腰の奥が重苦しくなる。ストンッと挿《さ》しこむような刺激が走るたび脚のあいだに違和感を覚え、内腿を閉めつつモジモジ擦り動かしてしまう。

しかしそうやって動いていると、ぬるりとした感触とともにお尻の下に湿り気を感じ焦燥感《しょうそうかん》に襲《おそ》われる。

「だ……め、それ……やめて、くださ……」

とっさに口にしてしまうものの、やめてくれるとは思っていない。それなので本当に稜牙の唇が離れて、みことは驚いた顔をしてしまった。

「どうした？　やめてほしいんだろう？」

「あ……はい……、でも……」

まさか本当にやめてくれるとは。しかし彼は先程も舐めないでと口走ったみことの要求を呑んでくれた。

もしかして、しつこく愛撫を続けてみことが怖がってしまったら、やめると約束をしているので、気をつけているのだろうか。

しかしあれは、怖い目をしたら……という意味だったはずだ。

「んっ……」

思案を巡らせているうちに、身体におかしな変化を感じる。解放されたふたつのふくらみがじくじくと疼《うず》き、それが微電流になって全身に流れていく。

「あっ……」

シーツを掴んで身体を左右に揺らすと、行儀よく上を向いた白桃のような白いふくらみが駄々《だだ》をこねて揺れる。その動きにさえ肌が反応し、腰の奥に甘い刺激が走った。

「ぁ、んっ……ンッ」

「じれったそうにして、どうした？　どこかさわってほしいのか？」

抜け目のない追及は、まるでみことの状態をすべて察しているかのよう。

「してほしいことがあるなら、言ってみろ」

……彼は、わかっているのだ。

愛撫をやめられたみことの身体が、どうなっているのか。

埃《ほこり》でも吹くように、稜牙の息が胸の先端にかかる。暴れだしたくなるもどかしさが生まれ、みことは上半身をうねらせた。

「やっ……！　あっ、ぁ……」

駄々をこねるように動く肩を押さえ、稜牙が顔を近づける。震える下唇を人差し指でつつき、妖艶な微笑みで取引を持ちかけた。

「ほら、言ってみろ。なにをしてほしい？　おまえのこの口で言ってみろ。ちゃんと言えたら、してやるから」

眼差しと同じくらいなまめかしい声が、ゾクゾクと官能を震わせる。

これだけで汗をかいたように下半身が潤《うる》み、失禁してしまったかと勘違いしそうな恥ずかしさに襲われた。

「……さ……わって……」

「ん？」

「さわって……くださ……」

「どこを？」

言わなくてもわかるだろう。けれどその質問に答えなくては、この全身を走る疼きをどうすることもできない。

「……ここ……」

どういう言いかたをしたらいいだろう。正確には、熱くジリジリしている先端の火種をさわってほしい。

先程までのようにいじり尽くして、このもどかしさを収めてほしかった。

胸、というには大ざっぱすぎる気がして、どう言ったらいいのか思いつかず、みことは背中をそらして胸を突きだした。

「ここ……ジクジクするんです……」

これもまたなんて言ったらいいのかわからず、胸の裾野に軽く手を添えて強調する。恥ずかしさのあまり視線をそらしてしまったとき、稜牙にクッと喉の奥で笑われた。

やはり言いかたがおかしかったのか。胸の先のみならず羞恥心まで疼きだす。

「いいな……、おまえを見ているとゾクゾクくる」

「え……」

視線を戻す間もなく、片方の乳頭に吸いつかれる。虚をつかれ、みことは感じたままに声をあげた。

「あぁぁっ……そこぉっ……！」

叫んでしまってから声を抑えなくてはと思うものの、そのあとも連続してじゅるじゅると舐めしゃぶられ、勢いのついた声が止まらなくなった。

「あっ……ぁ、そこっ……が、ぁぁあ……！」

裾野にあった両手を稜牙の頭に添える。感じるままに髪をかき混ぜると強く吸いつかれ、自然と腰が浮いた。

「ジクジクしていたのは、ここだけじゃないだろう？」

ゆるんでいた両脚のあわいに稜牙の手がさしこまれる。ショーツとストッキングの上から秘部を押されて、ぐちゃぐちゃとしたものが大量に動く気配に、みことは腰を跳ねさせた。

「ずっともじもじしているから、濡れているだろうとは思っていたが……。予想以上のようだ」

「ご……ごめんなさい……」

「謝る必要はない」

恥丘から秘部を覆った手がぐりぐりと押しつけられる。ここはこんなにも柔らかいものなのだろうかと思うくらい痴肉が揺らされ、粘着質な湿った音が大きく聞こえてくる。

「や……やっ、あぁ……あ！」

胸をいじられていたときとはまた違う感覚が襲う。服を脱がされてすぐ同じように手を押しつけられはしたが、あのときはまだ動揺と恐怖で他に意識がいかず、なにがなんだかわからなかった。

けれど今は……。

「あっ……や、あぁ……あっ！」

どんどん愉悦《ゆえつ》が湧き出してくるのがわかる。リードを放された子犬のように、快感が尻尾を振って彼がくれる愛撫に飛びついていく。

「あっ、ハァ……そんな、にっ……ンッ！」

「いい感じだ。こんなに感じていたならつらかっただろう。すまなかった。もっと早くさわってやればよかった」

「そんな、こ、と……ああっ！　ダメェ……」

恥ずかしい部分をぐちゃぐちゃにされていると思うだけでも堪らないのに、腰に水をかけられたのかと思うくらい濡れている。

稜牙がくれる刺激が堪らなくて腰が浮きっぱなしだが、たまに下がるとお尻全体がぐしゅぐしゅに濡れているのがわかるくらいだ。

（わたし……こんなに……）

こんなに感じてしまうなんて、おかしくはないだろうか。それを考えるより、快感の吹《ふ》き溜《だ》まりが大きくなってきておかしくなりそうだ。

「もっ……もぅ、そんなにっ……あぁ、やぁンッ……！」

「つらいだろう。安心しろ。すぐ――イかせてやる」

「えっ……イか……あぁ！」

なにが安心なのかわからない。稜牙が再び胸の頂に吸いつき、舌を回してズズッと吸い上げる。それと同時に秘部に押しつけていた手を恥骨の上で回し、下着がぴったりとくっついてしまった秘豆の上で指を激しく振動させた。

「あっ……ぁあっ、や、んんっ――！」

溜まり続けていた吹き溜まりがパァンと爆《は》ぜる。浮いていた腰が震え、つま先が痙攣《けいれん》した。

「あっ……や、ぁ……」

気がつけば稜牙の髪をしっかりと掴んで、彼を胸に押しつけている。何気なくそっと手を外したが、顔を上げた彼にニヤリと笑われた。

「俺を押さえつけるほど気持ちよかったか？」

「い……いぃえ、あの……」

「安心しろ。気持ちよかったのはわかっているから」

素早く身を起こした稜牙が、浮いていた腰からストッキングとショーツを同時に引き下ろす。あまりにも濡れそぼっていたせいで少々おろしづらかったようだ。みことが腰を落とすと足から抜かれた。

「帰りは穿《は》けないな。代わりを用意させよう」

何気なく呟いてぽいっとベッドの外へ放ったのはいいが、代わりを用意、という言葉に動揺が走る。

（そ、そんなもの、誰に用意させるの……。新原さん？　女性ものの下着なんて……なにをしていたかバレバレで……）

とは思うが、お世話役の新原なら自分の主人がなにをしているのかは承知のうえなのだろう。

（それでも、恥ずかしい……）

もっと恥ずかしい事態がみことを襲う。だしぬけに両脚を大きく広げられ、大洪水必至のそこに稜牙が顔を近づけたのだ。

「……あのっ！」

「いい感じにとろっとろで美味《うま》そうだ。そそられるなんてもんじゃない」

「ひぇっ……⁉」

本当に食べられてしまうのではないか。そう思っても不思議ではないくらい、稜牙の口調には野性的な妖しさがある。

自分が見たこともない場所。それもこれ以上ないプライベートな場所をじっくり見られるなんて、恥ずかしいどころの話ではない。

それでも、彼のあの強靭《きょうじん》な双眸で見つめられているのだと思うと、脚の付け根がぴくぴくする。

「無自覚に誘うな」

「誘……あぅっ……！」

じっとりと秘園を舐めあげられ脚が痙攣する。同じ行為が続くと下半身に電流を流されているよう。

「あっ、ふぅ……ンッ……ん」

しつこいくらい腰が震えて恥ずかしくなってくる。けれど自然に反応してしまうので止められない。

「ん……ふ、やっ、ダメ……腰、止まんな……あっ」

「いいから感じていろ。ほら」

「ひぁっ……！」

秘裂の先端を吸われ、舐められるのとは違う強烈な刺激に襲われた。

痛いような痺《しび》れるような。まるでそこに火花が散っているかのようだ。

「や……やぁっ……！　ダメ……つらぃ……あっ！」

「処女にはつらいか。ここ、自分でさわらないのか？」

「し、知りません……したことなっ……」

「ホントになにも知らないんだな。おまえ、性欲ってもんはないのか」

楽しげに言われ、わずかにムッとする。この二十四年間交際経験もないし、処女であることに不便を感じたこともない。

色恋沙汰に縁のない生活だったからと言ってしまえばそれまでだが、将来運良く結婚することがあれば、それまでこのままでいいと思っていたのだ。

「わ、悪いんですか……」

「悪いなんて言っていない。それに、性欲がないわけじゃないな。……噴くほど感じて濡れているのに……」

「ぁっ……ひっ……」

指で蜜溝を上下に掻かれ、腰が抜けそうになる。彼の肩に両腿を担《かつ》がれた。

「おまえの性欲、もっと引っ張り出してやる」

今度は快感の電極に触れることなく、彼の舌が蜜海で泳ぐ。じゅるじゅると音をたてて吸い上げては、それでもあふれ続ける愛液を楽しむように舌を躍《おど》らせた。

「あっ……あ、あぁンッ……！」

最初にビクビク跳ねていた腰は、稜牙にしっかりと押さえられているせいか、それとも刺激を加えられる場所が変わったせいか、彼の腕でおとなしくしている。

しかし彼の手がみことの両乳房をいじりはじめると、ゆったりともどかしそうに揺れ動きはじめた。

「ハァ、あ、ぅうンッ……」

脚のあいだに息づく密《ひそ》やかな場所は狭い秘帯でしかないのに、愛撫される場所が変わるだけでこんなにも感じかたが違うものなのだろうか。

稜牙が舐めている場所の奥が収縮を繰り返し、熱が溜まってくる。じわじわと新しい愉悦が生まれてきているのがわかった。

「あ……ぁん、ハァ……ぁ……」

ふわふわと身体が浮きそうな気持ちよさだ。それに加えて胸のふくらみを大きく揉みこまれ、頂を擦られて快感がどんどん大きくなっていく。

「ンッ、ダメェ……あぁん……」

「痛いことはしていない。なぜ駄目なんだ？」

「だって……あぁっ、そこぉ……」

「そうか、気持ちよすぎるから〝ダメ〟なんだな」

「やっ……ンッ、あぁ、あっ！」

図星だが、そんなことも言えるはずがない。せめてもの反抗で身体を揺らすと、胸の突起をつままれくにゅくにゅと揉みたてられた。

「あっ。あぁん、ダメです……って、ァン！」

「いいな……もっと気持ちよくなれ」

またもや蜜孔を吸いたてられ、その周囲で舌を回される。どんどん溜まっていく快感を左右に悶《もだ》え動いて分散しようとするが、腰が揺れると自分から彼の唇に押しつけているようにも感じられる。

稜牙もそれが楽しいのか、みことが動かす場所に吸いついてくる。

そうしているうちに、吸われるとここが気持ちいい、ここは舐められるとゾクゾクする、という場所がわかってきた。

「あっ……ぁあ……ン、ん……」

「しっかり蕩けて……イイ子だな……」

こわばっていた力もすべて抜けてしまったのではないかと感じるくらい陶酔する。下半身から全身が溶けてしまいそう。

「ご褒美《ほうび》だ。ほら、イけ」

「な……に、……あぁっ！」

出し抜けに官能の電極を吸いこまれ舌で潰される。その瞬間弛緩《しかん》していた身体の導火線に電流が走り、熱が爆ぜた。

「やっ……あぁンッ――！」

一瞬入った力が、軽い浮遊感とともに失われる。ふんわりとした雲に身をゆだねかけたとき、乳頭の赤い実を甘噛みされ、その刺激で雲から落ちた。

「失神《しっしん》するのは早い。まだこれからだ」

「し……失神……」

確かに意識が消えそうにはなっていた。あの気持ちよさは失神する直前だったらしい。

（気持ちよくて気絶しかかるなんて……わたし……）

――こんなに、いやらしかったっけ……。

「ンッ……」

口に出せない感情を思った瞬間、下半身がじわりと潤む。ちょうど稜牙がみことから離れたこともあって、立てられていた膝をさりげなく閉じあわせた。

「準備をするから、待っていろ」

ベッドから下りた稜牙が、そう言いながらトラウザーズに手をかける。

これは見てはいけないものだと直感し目をそらすと、そらした先のシーツの上に彼が放り投げたものが見えた。

ギョッと目を見開いて凝視する。――四角い包みが連なった、避妊具《ひにん》だった。

「あ……あの、これは……」

「用意してあったものだが？　当然だろう」

「そ、そうですね……」

どう反応したものか戸惑う。もちろん、いくら結婚を前提とする婚前交渉でも避妊は大切だし、それを男性側がしっかり常識としているのはいいことだと思う。

……なんでも思いどおりにしてしまいそうな冷然とした彼が、こうして常識的な行動をとっていることに意外性を感じてしまった。

……が、やはり目の前で十数個の避妊具を見てしまうと動揺が大きい。

「ご機嫌取りで『着けなくてもいい』とか言われるのもごめんだし、目につくところに置いておいて『こんなもの気にしないで』とハサミを入れられでもしたら興ざめだ」

本当の相手は結里香だったが、彼女はそんなことはしないだろう。けれど、そこまでしてしまう女性がいるのだろうか。

目の前の避妊具を物珍しげに眺めつつ、みことの脳裏には稜牙の姿が浮かび上がる。

――してしまうかもしれない……。

暴力的なまでの秀麗《しゅうれい》な容姿。すべてを圧してしまえる眼差しと声の前で、この雄の虜《とりこ》にならない雌がいるだろうか。

現に、みことだって……。

脳裏から消えない稜牙にさえ自分を持っていかれそうで、みことは軽く下唇を噛む。

「ほら、こっちを見ろ」

あごを掴まれ正面を向かされる。脳裏で微笑んでいた稜牙の顔が目の前にあって、存外にも頬《ほお》の温度が上がった。

「顔まで蕩けている。イイ顔だ」

褒《ほ》められたのかと思うと、胸がきゅうんとする。

ずっとあえがされていたせいか、こんなに顔が近いのは久々だ。

彼の髪が少し乱れて前髪が目にかかっている。薄っすらと汗ばんだ頬がかすかに紅潮しているように見えるのは、気のせいだろうか。

どこか乱れた彼を見て、興奮していたのは自分だけではないと実感できると、また胸が締めつけられた。

「話を持ちかけられたときは……あの強欲爺さん似の孫娘がくるのかと思っていたが……」

閉じていた両脚を開かれる。湿園に固い熱の存在を感じて心臓が跳ね上がった。

鼓動が早鐘を打つ。今になって、人違いだと言えないままここまできてしまったことに不安が湧いてきた。

……しかし……。

「……おまえのような女で……よかった……」

ふわりと見せた微笑みに、胸を鷲掴みにされる。

きゅううっと音をたてて苦しくなった直後、唇が重なり……。——下半身に、やけどをした瞬間のような熱さが走った。

「……ンッ……ん！」

唇が離れていたなら出ていただろう叫びを、稜牙に吸い取られる。みことの口を唇でふさぎ、蜜口をじわじわと埋められる。

圧痛とともに未開の蜜溝を拓《ひら》こうとする鏃《やじり》を止めようと、下半身に力が入る。その瞬間だけ鏃は止まるが、よけいな痛みが入口からむず痒さとともに広がっていくような気がした。

「んっンン……ふぅウン……ん」

唇を吸われ舌を搦《から》めとられてしまったせいで、うめき声しか出ない。

熱棒が蜜路をさらに溶かしながら進んでくる。挿入時に感じた圧痛は徐々に押し上げられる息苦しさに代わり、狭窄《きようさく》な部分を擦り上げられる感触は達した際の余韻《よいん》と混ざり合っていった。

「んっ……ん、ンッぅ……」

苦しげなうめきが少しずつ落ち着いてくる。そのタイミングをみて、稜牙の唇が離れた。

「……痛みは……どうだ？　少しは治まったか……」

「は……ハァ……、は、ぃ、あ……ンッ」

「たくさん感じていたから、かなり柔らかくていい感じだ。……泣くほど痛そうにされなくてよかった……。イイ子だな……」

前髪を掻き上げながら頭を撫でてくれる稜牙の微笑みが、猛《たけ》りきれない苦しさで困っているようにも見える。

胸がきゅうんっとすると隘《あい》路《ろ》が震える。それを直に感じた彼がクスリと笑うと、今度はへその奥が締めつけられた。

「ちが……うの……、千石、さんが……感じさせてくれた、から……。そのおかげで……こんな、に……あっ……」

下半身に意識を持っていくと、彼の猛りがぐぐっ……ぐぐっ……と進んでくるのがわかる。中に詰まっていたものを圧し出しながら、柔らかな悦洞を堪能するように進んでくる。

「あっ……ぁ、どうし……よ、ぉ……」

初めての質量を迎える隘路は、戸惑いながらも路を開け、その熱に蕩かされていく。それがなんとも表現しがたい官能を生んだ。

「わからな……これ、なに……、ぁっ、あ……」

全身を心地よい愉悦がめぐっていく。どこまでも上がる体温。稜牙にしがみついて、身体をこすりつけたくなる。

「……おまえはっ……」

余裕のない声を発して、稜牙が数回腰を突き挿れる。今までゆっくりと攻め入っていたものがいきなりスピード感を身につけたせいで、驚いた蜜路がグッと彼を喰い締めた。

「無自覚に……そういうことばかり……」

「……千……石さぁ……ハァ、ぁ」

緩やかに腰を揺らしながら稜牙が唇を重ねてくる。離れると、みことは両手で彼の頬を挟んだ。

「ハァ……ぁ、目、こわい……ですよ……あっ、んっ……」

眉を吊《つ》り上《あ》げた彼は、怒っているような、困っているような。……余裕のない自分に、戸惑っているような……。

「怖いか？」

怖いと言いつつも、みことはその眼差しをシッカリと受け止める。

すくみ上るような鋭い双眸。なのに……、目をそらしたくない。

この人を、見つめていたい。

「悪いが……やめてやれそうにもない」

みことの両脚をとり、上半身を起こして、稜牙は徐々に抜き挿しのスピードを上げていく。

怖い目をしたらやめてやるという約束ではあるが、彼はそれを反故《ほご》にした。

「いいで、す……あ……ぁ、やめな……ぁうンッ、やめないでくださ……あンッ！」

湧き上がってくる不思議な愉悦を受け止めながら、みことは懸命に自分の気持ちを伝えようとする。

怖がっていると思われるのはいやだった。

目つきは怖いものだが、……そんな目が、みことにはとても扇情的で、内側から熱を誘発されるものになっていたのだ。

「千石さんの……ンッ、目……きれい……あっぁ」

「……なんなんだ、おまえは……」

「あっ……あぁっ！」

彼の抜き挿しがリズミカルに早くなる。みことの両脚を片腕でかかえると、腰を打ちこみながら胸で揺れる白いマシュマロを揉み崩した。

「あぁぁ……ぅうんっ！」

全身に熱がめぐっているところに、もう一箇所で快楽が生まれはじめる。堪らなくなって身をよじり、両手を稜牙に伸ばした。

「千……石さ……、あっ、ぁ……千石さ……ンッ……」

身体を倒してきた稜牙の肩から腕を回して抱きつくが、脚をかかえられたままなので密着したぶん深く剛直がえぐりこんできた。

「あぁ……深……ぃ、ぁンッ……」

唇が重なり、絞るように乳房を揉みこまれる。繋《つな》がった部分からにちゃにちゃと卑猥な音が響き、汗と愛液で粘つく肌が離れたくないと逢瀬《おうせ》を繰り返した。

「からだ……へんに、なっちゃぅ……あぁっ！」

「なっていい。イけそうか？」

「わ……わからな……あっ、あ……」

大きな熱が溜まっているのはわかる。それが弾けたら……という期待はあれど、自分がおかしくなってしまいそうな怖さもある。

でも……。

「せんごくさ……助け……てぇ……」

彼なら、このおかしくなってしまいそうな愉悦の泥濘《ぬかるみ》から、救い出してくれるような気がするのだ。

「……怖いって、言うなよ？」

「い、言わな……ぃ、ひゃっ！」

いきなり強く熱塊を突きこまれ、喉元まで衝撃が伝わってくる。

彼に抱きつく指に力を入れると、耳元で命令が下された。

「俺を見ていろ」

「あっ……あ、はっ、はぃ……あぁっ……！」

伏せかかる顔を上げ、稜牙と視線を絡める。

鮮烈なまでに聡明《そうめい》な、雑《ま》じりけのない氷柱《つらら》のような鋭い瞳。彼の前に立たされたとき、あまりにも怖いその眼差しに身体が動かなくなった。

「いい子だ。その顔のままイけ」

「千……あっぁ、ダメェっ！」

凄絶な艶をあてられ、全身がわななき悶えあがる。剛強が蕩けかかる蜜洞を掻き混ぜ沸騰させた。

「あっ……あ、ダメっ、身体、ヘンに……あぁんっ――！」

前の二回よりも大きな爆発が起こり、白い光が襲いかかってくる。

数回連続して腰を叩きこまれ、息を乱した彼に唇を奪われた。そのあと――。

まるで、麻酔のように襲ってきた恍惚感《こうこつかん》に、法悦の果てへと放りこまれ――。

そのまま……意識が途切れた……。


途切れた意識が戻ったとき、……室内が、照明ではない明るさに満ちているのを感じた。

稜牙に抱かれ、快楽の渦に呑みこまれたまま朝まで眠ってしまったようだ。

快感を与えられすぎて失神してしまうなんて、考えてみればとても恥ずかしい。

ベッドに横たわるみことの身体には、抱かれている最中にはどこに置かれていたのか肌触りのいい上等なデュベが掛けられている。

ベッドに、稜牙の姿はなかった……。

(もしかして、先に帰っちゃった、とか……?)

そう思うと、なぜか気持ちが沈む。それがなぜなのかわからないまま、ぼんやりと上半身を起こした。

すぐにベッドの横に稜牙の姿を見つけ、驚きに身体を震える。

それも彼は全裸のままだ。そうすると今までは一緒に眠っていたということだろうか。さりげなく隣へ手を伸ばすと、シーツに温かみが残っている。

身体を重ねたあと、今まで同じベッドにいたのだ。沈んでいたはずの気持ちが明るくなる。

――が……。

彼が手に持っている物に気づき……血の気が引いた。

真剣な目で見つめているそれは、みことの社員証だ。

持っていたバッグは通勤で使っているものと同じ。昨夜、ベッドへ放り投げられたときにバッグが床に落ちたのを覚えている。

先にベッドを下りた稜牙が、バッグから飛び出していた社員証を見つけたのだ。

社員証には、みことの写真が貼ってある。そしてもちろん、一色みこと、と名前も記されている。

（どうしよう……）

胸まで引き上げたデュベを強く握る。稜牙がゆっくりと鋭い視線をみことに向けた。

「おまえ、俺を騙したのか？」

──とんでもないことになってしまうのではないか、と……。

本気で感じた……。

第二章　夢で終わらない関係

とんでもないことになるかもしれない。

その予感は、間違いではなかった……。

「……太陽がピンク色……」

ポツリ……と呟き、自分のセリフが恥ずかしくなる。

太陽どころか、頭の中までピンク色になったままだ……。

――そんな、週明け月曜日。

通勤通学ラッシュの駅から外へ出て最初にみことが意識したのは、十二月の外気でも、ぶつかりそうな勢いで元気よく走っていった男子高校生でも、スマホを見ながらＳＮＳに文句を言っているサラリーマンでもなんでもなく、まぶしいほど輝く太陽の光だった。

潔《いさぎよ》いほどの晴天。

外気の冷たさを纏《まと》って突き刺さってくる眩《まばゆ》さが……、稜牙の眼差しと重なったのだ……。

ピンク色……というより……稜牙色、とでもいったほうがいい。

どんな色だと聞かれると答えられない。冷たいけれど温かくて、艶を含んだ……見つめていると、抗《あらが》えなくなる色……。

……この身体に残る、彼に抱かれた感触のような……。

ボッと、いきなり顔が熱くなる。稜牙を思いだして瞬間湯沸《ゆわ》かし器のように熱くなってしまった自分を鎮めようと、みことは冷たい空気を吸いこみ両手で頬を押さえた。

(なに思いだしてるの……)

火照《ほて》る身体のせいで、意識しなくても思いだしてしまう、稜牙に抱かれた感触。

身体から消えなくても仕方がないのだ。

日曜の朝には本来の見合い相手ではないと気づかれてしまい、殺される、は大げさだとしても、そう思っても仕方がないくらいの殺気を感じた。

これはとんでもないことになるかもしれない……そんな予感におそわれ……。

とんでもないことには……なった……。

みことは朝から、一日中稜牙に抱き潰されてしまい、自分のアパートへ帰ったのは夜の二十一時をすぎていたのである。

もうこんな豪華な部屋ですごすことはないと思わざるをえないスイートルームで、食事も入浴も済ませていた。アパートへ戻ったみことは、そのまま自分の簡素なベッドに倒れこみ眠ってしまったのだ。

一夜明けても、全身に稜牙が残っている。手の感触も舌の軌跡も、伝わる熱、汗ばんだ肌、従わずにはいられない眼差し。

意識しなくても両脚の付け根が重くて……まだ、彼が自分の中にいるような……。

「そんなわけないでしょ、まったくっ」

自分の思考がだんだん恥ずかしくなり、みことは妄想を払うようにひたいの前でぱっぱと手を振る。

いきなり独り言を言ったせいか、通行人が気味悪そうにそそくさと離れていった。

「忘れなきゃ……」

呟く声が消沈《しょうちん》する。

こんなにも抱かれた感触が身体に残るものだったなんて。あまつさえ、彼の滾《たぎ》りの質感まで思いだせてしまえるなんて……。

ほんの二日前まで、みことはキスもしたことがない処女だったのに。

(もう、会えないんだろうな)

それを残念に思う自分がいる。会えなくて当然なのはわかっているのに。

彼は不動産王と呼ばれ、世話役やボディガードを日常的につけているような人だ。一方みことはといえば、小さなアパートで節約暮らしのOLでしかない。

普通で考えれば、顔を合わせるきっかけさえないような人物なのだ。

お見合いの付き添いとして行ったところを、お見合い相手と間違えられてベッドへ引っ張りこまれた。……なんて、一般人には考えられないきっかけがなければ、肌を合わせるなんてありえなかった。

──まぁ、おまえでもいい……。

お見合い相手本人ではないとわかっても、彼は特に怒ることもなくそう言ってみことを抱き続けた。

退屈な日曜日の時間を潰すなら、別に間違った女でもいいと思ったのだろうか。

間違いなら……これっきりの女だから……。

稜牙は、間違いなら間違いでいいと、割り切った気持ちでみことを抱き続けたのだと思う。

帰りには彼自らアパートまで送ってくれたが、そのとき「元気でいろよ」と言っていた。

もう会うことはないが元気でいろ、という、何気ない別れ際の挨拶だ。

信じられないような体験から解放されたというのに、みことの頭は千石稜牙という男のことでいっぱいだ。

怖かった……。

初めて目の前に立ったときは、本当に怖かった。

けれど、威圧的で乱暴にも思えた彼の仕草や言葉の中に、ときおり見える優しさといたわり、そして凄絶な艶が、みことのすべてを蕩かした。

婚前交渉の条件を知らなかったであろう結里香を庇《かば》えたことを含め、稜牙に抱かれたことを……後悔はしていない。

みことにとっては初めての性経験ではあったが、経緯を嘆こうとは思わないレベルで稜牙は気持ちをくれていたし、みことだって……。

「みことちゃーん」

深刻な思考に、ほんわりとしたかわいらしい声が入りこむ。

顔を向けると、乗降スペースへ入ってきた車の後部座席の窓から、結里香が顔を出し手を振っている。車はもちろん、驚いて足を止めたみことの横で停まった。

「おはよー、みことちゃんっ」

「おはよう、どうしたの、いつも駅は通らないよね？」

「この時間ならみことちゃんがいるだろうと思って回ってもらったの。乗って」

結里香が乗っているのは、金城家のお嬢様送迎用の車である。結里香は毎朝これで出社してくるが、駅前は通らないので会うことはない。

今朝はわざわざみことを拾いにきたらしい。

結里香が内側からドアを開けてくれたので、みことは素早くお邪魔する。なにもないときなら遠慮したと思うが、結里香がここまで迎えに来た理由に見当がつくのだ。

「みことちゃん、ごめんなさいっ」

案の定、車が走り出してすぐ、結里香が勢いよく頭を下げる。

車内の暖かさにホッとしたところだったせいもあって、みことは締まりのない笑顔を見せてしまった。

「土曜日のこと？　いいよ、大丈夫。それより、結里香のほうは大丈夫だった？」

結里香からは、事故の渋滞を抜けたあたりの時間にSNSでメッセージが入っていた。

そのころのみことはといえば、当然スマホを確認できるような状態ではなく……。またアパートへ帰ってからもすぐベッドへ倒れ込んでしまっていたため、メッセージを確認できたのは今朝だったのだ。

〈ごめん、電源入れ忘れてた～〉

……という、高確率で返事をしたくなかったんだと疑われそうな言い訳をしたのだが……。

〈そっかぁ、みことちゃん、シッカリ者なのにたまにそそっかしいよねぇ〉

……と、本気で納得してくれたのは、……結里香だからこそ、だと思う。

「あたしのほうは平気。別にあたしが事故に遭ったわけじゃないもん。みことちゃんにお任せしちゃったし、行き先を変えて映画観《み》て買い物して帰ったくらい」

「いや、そっちじゃなくて」

みことはチラリと視線だけを前方へ送る。勘がよければこの仕草だけで察しがつきそうなものだが、……無理っぽい。

聞き耳をたてているとは思い難いが、運転手の存在を気にしつつ、みことは声をひそめた。

「お見合いのこと。おじいさんになにか聞かれた？」

「全然」

「……全然？」

ケロッと答えられてしまったせいで、みことは目をぱちくりとさせる。

いくら気軽に行かされたものだとしても、普通は「どうだった？」くらいは聞かれるものなのではないだろうか。

お見合いの結果については、金城の祖父に当たり障りなく伝えておくから心配はするなと、稜牙に言われている。

あれだけの人が心配するなと言うのだから、みことが気にする必要はまったくないくらい上手く言ってくれるのだろうが、やはりかかわった者としてはおかしなことになっていないか不安だったのである。

「おじいちゃんの独断で話をつけてきたお見合いだから、お父さんもお母さんも知らないし、お姉ちゃんは遊びに行っていて家にはいなかったし、おじいちゃんもなにも言ってこなかったから、これはみことちゃんが上手くやってくれたんだなーって思ってた」

「軽っ……」

あまりにもあっけらかんとしているのを見て、つい口をついて出る。

結里香の言う「上手くやった」は、上手いこと断ってくれた、もしくは「事故でこられなくなったことを当たり障りなく伝えてくれた」という意味だ。

しかし自分が別人になってしまったのかと思うくらい快感の海に溺《おぼ》れた時間を経験した者としては……、違う意味に聞こえてしまう。

「でも、ホントにありがとうね。みことちゃんに相談してよかったぁ。ほんとに助かったもん。でさ、どんなおじいちゃんだったの？」

「あ……いや、おじいちゃん……では、なかった……」

「じゃあ予想より若い人だったんだ？　お父さんくらいの人かなぁ」

「うん……子どもの一人や二人いてもおかしくない歳……だけど……、未婚の人……」

……嘘《うそ》は言っていない。みことや結里香の父親世代ではないが、三十六歳ならば子供の一人や二人いたっておかしくはない。

「怖い人だった？」

「怖い……、ん〜……、見た目はちょっと怖いかもしれないけど……」

脳裏に稜牙の姿が浮かび上がる。

氷柱を突き刺された気分になる威圧的な眼差し。決して逆らうことを許されない存在感。そばにいるだけで全身が凍りついてしまいそうなのに……、熱を帯びた彼は、とても柔らかくて心地よくて……。

「や、優しい人だったよ……。見た目で損してるタイプかも」

考えているうちにおかしなことまで言いそうになる。みことは慌てて言葉を繋いだ。

「そうなんだ？　よかった、いい人で。不動産王、なんてちょっと怖いイメージだったし、みことちゃんに全部任せちゃって悪かったなって思ってたの」

「いい人だったから、大丈夫。結里香がお見合いにこられなかったことも、金城のおじいさんに上手いこと言っておいてくれるって。だから、おじいさんに怒られたりお姉さんに嫌味を言われたりはないと思うよ」

上手いこと言う、のは稜牙ではなく新原の仕事かもしれない。稜牙が口を出すよりも穏便に済ませてくれそうで安心だ。

「よかったぁ、ほんとにありがとうね、みことちゃん大好き！」

よほどホッとしたのだろう。結里香がガバッと抱きついてくる。

「やっぱりお礼するよー。帰り一緒にご飯食べに行こうよ、奢《おご》るからっ」

「いいよ別に。なんとかなったんだし」

「だぁめっ。もぅ、みことちゃんは遠慮ばっかりするっ。感謝の気持ちは素直に受け取るものだよ」

「あ……うん……」

予想外にも、結里香に諭されてしまった。お見合いに付いていくという話のときもお礼をすると言ったのを断っているので、結里香にしてみればお礼の消化不良を起こしているのかもしれない。

「じゃぁ、ごちそうになっちゃおうかなっ」

「素直なみことちゃん、もっと好きー」

無邪気にはしゃぎ、どこの店がいいかなとスマホで検索を始める。こういうとき、結里香が店を探しても、結局は「みことちゃん、どこがいいと思う?」と決定権が回ってくるのがいつものパターンだ。

そのときには、美味《おい》しくて良心的な値段設定のファミレスに連れて行って、現在開催中の中華バイキングを堪能《たんのう》しようと心に決めた。

社食の日替わりお得ランチがチャーハン定食だったこともあって、午後からのみことの脳内は、完全に中華モードだった。

帰りは結里香と中華、……と浮かれていたというのに……。

「おなかすいた……」

呟いたついでにため息が出る。誰かに聞かれなかったかとキョロキョロ周囲を窺うが、幸いなことに経理課のオフィスにはみことしか残ってはいない。

すでに定時から二時間が経過している。経理課こそみことと一人だが、廊下を挟んでお向かいの総務課には数名の社員が残っているらしく、話し声や笑い声が聞こえていた。

楽しそうだなと羨みつつ、大至急の精算書を大量に出してきた部長のパソコンにデータを送り、急な残業は終了である。

「……冷凍餃子《ギョーザ》でも買って帰ろうかな……」

中華への未練は深い。本当なら、本日の夕食は結里香と二人で中華バイキングだったはずなのに。

中止になってしまったのは、みことに急な残業が入ってしまったばかりが原因ではない。それなら結里香が「あたしも手伝う！」と張り切ってつきあってくれる。

その結里香にも、急に祖父から呼び出しがかかったのだ。

お見合いのことでなにかよくない話でも……と焦ったが「おじいちゃん、すごく機嫌のいい声だったから大丈夫だよ」とのことで安心した。

「冷凍にしようか……お惣菜《そうざい》のほうにしようか……」

ブツブツと思案しながら帰り支度を進め、オフィスを出る。楽しげな笑い声を背に、総務課の人たちはいつ帰るんだろうと要らない心配をしながらエレベーターへ向かった。

仕事が終わったと思うと、じわじわと一日の疲れがにじんでくる。スーパーに寄るのも面倒に思えてきて、コンビニでもいいかと思いはじめた。

しかしその疲労感は、会社を出た瞬間にかけられたひと言に吹き飛ばされる。吹き飛ばされるというよりは、驚きのあまり消え去ったと言ったほうが正しい。

会社を出た瞬間目に入ったのは、黒塗りの大きな車、いや、それより、その車に寄りかかり、腕を組んで睨みを聞かせている……。

絶世《ぜっせい》の男前。――稜牙だ。

「いつまで仕事をしている。押しつけられたのか？　白瀬川はホワイト寄りだと記憶していたが、間違いか」

「そ、そんなことはないですっ、大変いい会社でございますっ」

今回の残業はいきなりだったが、ほかに担当できる適任者がいなかったのだ。部長も申し訳なさそうにしていたので、押しつけられたとは言い難い。

おまけに誤解を招くようなセリフを会社の正面で言わないでほしい。こんな時間でもオフィス街は人が多い。通行人もいるし、自社ビルへの出入りもあるのだ。

「人の会社をブラックみたいに言わないでくれませんか？」

背後から異を唱える声が聞こえ、みことは驚いて振り返り……もう一度驚く。

一人の男性がみことの横を通りすぎ、稜牙に近づいていった。

「相変わらずですね、千石さんは」

「遅い」

「久しぶりだな。嫁さんは元気か」

「ええ。相変わらず仕事が大好きな人で、ときどき放っておかれて寂しいです」

「相変わらず尻に敷かれてるんだな」

二人でアハハと笑う姿を、みことは呆気《あっけ》にとられながら眺める。

稜牙と話をするこの男性を、みことは知っている。話したことはないがよーく知っているし、とてもお世話になっている人だ。

男性がチラッとみことを見ると、稜牙に向けてにっこりと微笑みかけた。

「弊社の社員ですね？　まさか、悪さをするつもりではないでしょうね」

「とんでもない。そんなことをしたら、従業員を大事にする菩薩《ぼさつ》のような副社長様にバイクで轢《ひ》き殺《ころ》される」

「わかっていらっしゃる」

男性はそのままの顔でみことを見ると、稜牙を指さした。

「残業ですか？　御苦労さまです。こんな感じの悪い男に捕まらないよう、気をつけてお帰りください」

「は、はい！　お、お疲れ様でございます！」

慌てて頭を下げると、稜牙と男性が別れの挨拶を交わしているのが聞こえる。男性の気配がなくなるまで、みことは頭を上げられなかった。

――彼は、この会社の副社長だ。

(なんで……なんでこの人と知り合いなの⁉)

混乱していると、いきなり顎を掴まれグッと顔を上げられる。

「いつまで下げている。忠犬か」

「でも、あの人……」

「おまえのとこの副社長だが、どうかしたのか」

「どうしてご存じなんですか」

「まぁ、似たような業界だし。業界繋がりだな。バイク好きで、一緒にツーリングしたこともある」

「……はわわっ……」

ただの業界繋がりの知人、というわけでもなさそうだ。意外な繋がりを知ってしまったせいか、なんとなく稜牙が少しだけ近く感じた。

「仕事は終わったんだろう。乗れ」

「はぃ？　乗れ、とは、なにに……」

不思議そうな声を出した瞬間、眉間にしわが寄る程度に稜牙の眉が寄る。反射的に「怒られる！」と脳がおののいた。

(ひぇぇっ！　ごめんなさいぃっ、不動産王様っ！)

心で謝るも声には出ない。すると腕を引かれ、抵抗する間もなく停まっていた高級車の助手席に放りこまれた。

「あっ、あのっ……！」

「食事に行く。おまえを待っていたら腹が減って死にそうだ」

慌てている間に稜牙が運転席に乗りこんでくる。

「食事って……」

「チャイニーズレストランに予約を入れてある」

「中華……」

「食べたいだろう？」

「……エスパーですか？」

「は？　腹が減っているだろうから、食べたいだろうと聞いている」

「は、はっ、お腹《なか》すいてますっ」

食事のチョイスがベストタイミングすぎて、心を読まれたのかと思った。そんな不思議なことも、この人ならできてしまうのではないかと思わせる迫力がある。

恐縮していると、稜牙にシートベルトを引かれドキリとする。小さな子どもでもないのにシートベルトを締めてもらうなんてと慌てて自分で締めようとするが、ベルトの金具を持つ彼の手に触れてしまい、二度ドキリとした。

「あ……」

今度は手に触れてしまったことで動揺すると、下から顔を覗《のぞ》きこんでくる彼と目があい、……三度目の、ドキリ……。

「身体、ダルくないか？」

「え……？」

「昨日、車を降りるとき、ちょっとつらそうだったから気になっていた」

「きのう……」

思いだして、にわかに顔が熱くなった。

初体験から一夜明け、朝から一日中抱かれていたせいもあって、夜にアパートまで送ってもらったときはかなり身体がだるかった。

それでもなんでもないという顔をしていたつもりだったが、みことの本音など彼はお見通しだったらしい。

「だ……大丈夫、です。そんなの、一晩寝れば元気ですよ」

「処女だったくせに、タフだな」

「い、いえっ、まったく平気ではないんですが……なんかこう、脚のあいだになにかが挟まっているような感触は残っていますがっ」

「ほう」

ニヤリとされ、みことは耳まで熱くなる。タフだと言われたとき、処女だったくせに性欲が強いという意味で言われたのかと感じてしまい、咄嗟《とっさ》の言い訳に走ってしまった。

……しかし、あまりいい感じの言い訳にはなっていなかったようだ。

「それはさぞかし、今日一日、俺のことが頭からも身体からも離れなかったんだろうな」

下からすくい上げるように唇が重なり、驚いて目を見開く。稜牙も目を開けたままだったので、探るような眼差しに射貫かれて脳がパンクしそうになった。

シートベルトを留《とど》められて彼が離れても、身体が硬直して動けない。車がゆっくりと走り出すと、みことはおずおずと口を開いた。

「……あの、どうして……ここにいたんですか……？」

「おまえを迎えに行ったに決まっているだろう。他になにがあるんだ」

「なぜ……わたしを……ですか？」

「ずいぶんと不思議そうだが？」

「昨日……、じゃぁ元気で、と言われたので……」

「ヨロヨロしていたから、倒れるな、って意味で言ったんだが？　今生《こんじょう》の別れにでも聞こえたか？」

……聞こえた……。

抱かれたのは人違いだったのだから、それがわかっている以上、これっきりのことだと思うのが普通だろう。

まさかこんなふうに迎えにくるなんて思わない。

「でも……どうしてわたしを待っていたんですか？」

本来のお見合い相手を待っていたのならともかく。——それとも、結里香の都合が悪かったから、みことを代打で……。

「言っただろう」

信号待ちで車が停まる。何気なく顔が前を向き信号に視線がいくと、その視界いっぱいに稜牙の顔が映り……くちづけられた……。

「……おまえでいい、って」

——どういう意味だろう……。

わかるような、わからないような。……勘違いだったら、恥ずかしいような……。

戸惑いが顔いっぱいに広がると、クスリと笑われた。稜牙の顔が離れ、信号が変わって車が走り出す。

「なかなか美味い店だから、期待していい」

「は、はい……」

稜牙のセレクトなので、おそらくファミレスではないのだろう。

どこの中華料理店かと考えると食欲が復活してくるが、いっぱいになっている胸が、空腹感を圧し潰しているような気もした。


「お待ちしておりました。一色様」

その建物の前で出迎えてくれたのは、先日、同じようにみことを迎えてくれた新原だった。

教会風の出入口だが、窓や建物の外観が中華風でもある。閑静なたたずまいに、気軽には足を踏み入れてはいけない雰囲気が漂う。

間違いない。ここは、どう転んでもみことが冷やかしでも入ってみようなどとは一生思わないような場所だ。

「旦那様にご連絡をいただいておりましたので、お料理のご用意はできております。あとはスタッフがご案内を」

「待たせてすまなかったな。ご苦労だった」

稜牙が新原をねぎらうと、従順なお世話役は嬉しそうに笑う。

「とんでもございません。旦那様が二時間以上もどなたかをお待ちになるなんて。そんな、この世の終わりにも匹敵する出来事に関われて、光栄でございます」

あまり褒めているようにも聞こえない。

ようは、稜牙が誰かを待っているなんて珍しすぎるということなのだろうか。

かなり揶揄《やゆ》した言葉にもとれるので、稜牙が怒りだすのではないかと不安になる。チラリと横目で彼の様子を窺うが、どこかおかしそうな表情を浮かべているだけだ。

心配はないと察し、ホッとした。

しかしこれだけのことを言っても稜牙の怒りを買わないなんて、新原はきっと、とても稜牙に信頼を置かれている存在なのだろう。

(この人あたりのよさそうなニコニコ顔のせいかな)

そんなことを考えながら新原を眺めていると、彼の後方に見える店のドアが開き、店を出ようとする客の姿が見えた。

「あっ!」

みことが思わず声をあげると、同じタイミングで声が重なった。

「みことちゃん!」

「千石さん!」

出てきた客は四人連れ。そのうちの一人が結里香だったのだ。

稜牙の名を呼んだ年配の男性は、おそらく金城の祖父だろう。あとの二人は年齢的な雰囲気から、結里香の両親と考えるのが正しい。

結里香は祖父に呼び出されている。家族で食事をしようという話だったのかもしれない。

……の、わりには、姉がいないようだ。

「え？　え？　みことちゃんっ、デート？」

「千石さん、先日は……」

どれだけ息が合うのか知らないが、結里香と祖父のセリフがまたもや重なる。

結里香は稜牙の顔を知らないので、みことがイケメンと一緒にいるということにはしゃいでいるのだろうし、祖父はお見合いの件で話をしようとしているのだろう。

そのお見合いで人違いをされたみことが、稜牙と一緒にいる。この状況を、どう説明したらいいものか。

「新原」

「承知いたしました」

みことが一人でオロオロしていると、稜牙はいたって冷静に新原を呼ぶ。それだけですべてを察したのだろう。新原は深く頭を下げてから、笑顔で金城一族へ歩み寄っていった。

「ご無沙汰いたしております金城様。先日はお電話にお時間を割いていただき、ありがとうございました。今後について、少しよろしいですか？」

話しかけながら、新原は四人を先導し道を開けさせる。「行くぞ」と稜牙にうながされて彼についていくが、新原の誘導と話しかたが上手い。

おかげで店に入るまで、四人は視線をこちらへ向けることはなかった。

デートかと聞かれて答えに迷っていたこともあり、結里香の注意がそれてくれたのはありがたい。

（でも、明日追及されそうだなぁ……）

――二人が案内されたのは、三階に用意されたプライベートダイニングだった。

アイボリーが基調の落ち着いた部屋に、グリーン系の絨毯《じゅうたん》が鮮やかで、中央には通常六人ほどで使用できそうなテーブルに向かい合わせで椅子が二脚のみ。

そしてテーブルの上には、見たこともない料理が所狭しと並べられている。

（……思ってたんと違う……）

冷や汗とともに湧き上がってくる、心の声。

「フカヒレは最高級のものを用意させた。北京《ペキン》ダッグは好きか？　わからなかったから一羽ぶんつけさせたんだが。シェフのおススメコースで組んでもらったから、皿数はやたらに多いが量はそんなものでもないだろう。食いきれなかったら残してもいい」

「なっ、なんてことを言うんですか、もったいない！」

テーブル上の豪華さにうろたえるあまり、これを残せとはなんと罰当たりかと、咄嗟にムキになってしまった。

「もったいない？」

「あ……はい……あ……」

不思議そうにされてしまい、なんとなく言い返せないまま席に座らされた。

そうだ……相手は不動産王だ。とんでもないお金持ちだ。もしかしたら、たくさんあっても食べたいものだけを食べる、というのが普通なのかもしれない。

そんな人に、もったいない、が通じるわけもない。

「それなら、余ったら持って帰るか？」

「え？　ぁ、は、はい」

意外な言葉を聞いて、少々呆気にとられてしまった。持って帰りたいとか言ったものなら怒られるとさえ感じるのに。

向かいの席に座った稜牙が、担当スタッフにその旨を伝える。おそらくこういった高級な店で、余ったからといって持ち帰る、というのは無理なのではないだろうか。スタッフの男性が少々うろたえている。

「紹興老酒《しょうこうらおちゅう》の酒壺も頼みたいところだが、俺は車だからやめておく。おとなしく金萱茶《きんせんちゃ》でも飲んでるさ。おまえは飲むか？　違う酒がいいか？」

「あ、いえ、わたしもお茶で……」

「飲めないのか？」

「いいえ、そうではなくて……」

こんな高そうな料理が並ぶ店、アルコール類もかなり高価だろう。ご馳走《ちそう》になるしかない状況の手前、ここはお茶か水にしておくのが無難だ。

「別に、酔い潰してなにかしようとか考えていないから安心して頼め。なにかするときは堂々と襲うから」

「そっ、そういうことじゃないですっ」

いきなりなんということを言ってくれるのか。思わずムキになって立ちあがりかける。今まで対処に困っていたスタッフが笑いをこらえているのを見て恥ずかしくなり、みことはストンッと座った。

「……ウーロン茶が好きなので……」

「わかった」

スタッフと話をしている稜牙をチラリと見る。別に気分を害した様子はない。

ホッとすると、この事態の異常さに引きかかっていた食欲が戻ってくる。とはいえ、燦然《さんぜん》と並んだこの高級中華に腰が引けるのも事実なのだ。

ついでに言えば、どうやって食べるのかが不明なものもいくつかある。

一番に目につく場所には、どこかのグルメ雑誌で見たような、おそらくフカヒレの姿煮と思われるものがある。実物はこんなに大きいのか……。箸やスプーン、レンゲも並べられているものの、なにを使って食べるのが正解なのだろう。

おかしな食べかたをしたら怒られるのではないだろうか。それか「これだから貧乏人は」と蔑まされそうだ。

……そこまで考えてしまうと、戻ったはずの食欲が減退する……。

「よし、食うか」

そう言いながら、稜牙が椅子を引っ張ってみことの隣へやってくる。

(な、なんで、隣⁉)

「フカヒレは嫌いか？　青鮫《あおざめ》をチョイスしたから繊維が太くて美味いぞ」

「いえ、嫌いもなにも……」

フカヒレなんて、中華料理店のスープに入っている春雨っぽいものしか食べたことはない。

皿の上でスープに浸される、丸々と太った物体を実際に見たのは初めてだ。

「美味いといっても、実際フカヒレを〝美味いもの〟として位置づけてくれているのはスープのおかげでもある。早い話、本体は残してもスープは残すな」

「そんな、どっちももったいない……」

レンゲと箸を手に取った稜牙が、レンゲにフカヒレを取り、そこにスープを足してみことに差し出す。

「ほら、食ってみろ」

「あ……はい、え……」

戸惑い、ＭＡＸ……。

食ってみろとレンゲを手渡されるのならともかく、彼が差し出したレンゲの先は唇についていてしまいそうなくらい近くにある。

……これは、食べさせてもらわなくてはならない感じだろうか……。

（ム、ムリムリムリムリっ！　はずかしいぃ！）

ドギマギするみことに反して、稜牙は涼しい顔だ。というより拒絶されるとは思っていない顔だ。

おそらく彼にとって、なんであろうと自分の指示は絶対なのだ。

（高レベルすぎます！　不動産王様っ！）

いくら心で抵抗しても、声に出さなければ通用しない。みことが反応しないので、なぜかわからないと言わんばかりに稜牙は首をかしげる。

これはいわゆる……小首をかしげる……という仕草だが……。

（イケメンがやってもサマになるとは知らなかった……。っていうか……あざとい……、あざとすぎます不動産王様！　その顔で、そんなかわいい仕草をしないでください！）

心の声ならいくらでも出る。しかし唇は震えるばかりで一向に「あーん」の形を作れない。

反対に稜牙が「ああ、そうか」と言いながら口を開いた。

「なんだ、口移しで食べさせてほしいならハッキリ言え。赤くなっているばかりで、どうしたのかと思った」

「あああ、ありがたくいただきますっ！」

迷いのかけらもなく差し出されたレンゲに口をつける。素早くズズッとすすり、次の瞬間両手で口を押さえた。

「ふぉっ⁉　ほぃひぃぃっ」

口に物を入れたまましゃべるものではない。わかってはいるが、かろうじて口を隠した自分は偉いとでも思っておこう。

もちろん正確に言葉は出ないが、「美味しい」と言いたかったことは伝わっただろう。

「美味いだろう？」

ニヤリと笑った稜牙がレンゲと箸を置く。コクコクとうなずきながら、する必要性を感じない咀嚼《そしやく》をし、喉に流れこんでくるスープと一緒にフカヒレの繊維を呑みこんだ。

「美味しい……びっくりしました……」

「食欲は出たか？」

「え？」

「食欲がないときは、舌がなにかを美味いと感じてくれれば胃もつきあってくれる。食いかたなんて関係ないから、好きなように食え。それが一番美味いんだ」

再び椅子を引っ張り、稜牙は向かい側へ戻る。自分の箸を取り、前菜に手をつけた。

注文してあった金萱茶とウーロン茶が運ばれてくる。食べさせてもらっているときじゃなくてよかったと、少しホッとした。

稜牙が言ったとおり、美味しいものを摂取した身体が空腹を訴えだした気がする。

遠慮がちに箸を取り、エビマヨに似ているが間違いなく普通のエビではないだろうと感じる大ぶりの身をパクリと口に入れた。

朝から中華モードだった身体が、先程のフカヒレに引き続き飛び跳ねて喜んでいる気がする。美味しさに自然と頬がゆるんだ。

「美味いか？」

「は、はい……」

「それはよかった。どんどん食えよ」

「はい、いただきますっ」

元気よく返事をしたのは、少々子どもっぽかっただろうか。それでも稜牙がなんとなく面映《おもは》ゆい表情を見せてくれたので、ちょっと安心してしまった。

……彼は、もしかしたらみことの緊張を解くために、食べさせるなんて荒業を使ったのではないだろうか。

たった数分のあいだに、ベッドで過ごしたときには見られなかった彼を次々に見せられた気がして、ずいぶんと気持ちがほぐれている。

彼はどうして……みことを誘いにきたのだろう……。

「ほら、早く食え。俺が全部食うぞ」

「駄目ですっ、残しておいてくださいっ」

ひとまずの疑問はあとに。

みことは急《せ》かされるままに箸を動かした。


正直、食べ始めたときには、あまりの美味しさに全部楽勝で食べられると思っていた。

残したら包ませると言っているのをそばで聞いてオロオロしていたスタッフのことを思えば、残さなかったのは非常にいいことだろう。

そのとおり、残さなかったのだ。甜点心《てんてんしん》までしっかりといただいた。

が……楽勝ではなかった……。

「おなか……いっぱい……」

ふうぅ……っと深い息を吐き、みことは車の助手席に深く身体を沈める。

「だから残せと言ったのに。無理をするからだ」

「……すみません……」

つい謝ってしまうが、稜牙は別に怒っているわけではない。

ハンドルに右手をかけ、助手席でくったりしているみことを面白そうに見ている。

食事を終えて稜牙の車に乗ったのはいいが、食べすぎた感が否めないせいかどうもお腹も苦しければ胸も苦しい。

車酔いしそうだから停めてくれと言いたいが言えないでいると、とっくに察していたらしい彼はベイエリアの駐車場に停まってくれた。

みことのシートベルトを外し、「このほうが楽だ」と言ってくれるさりげなさに、ちょっと感動する。

「残せって言われても……もったいないです」

「包ませると言ってあっただろう？」

「ああいう高いお店って、気軽に包んでもらうとか駄目なんじゃないですか？　スタッフの方、困ってました」

「手数料でどうにでもなる」

「それはお金持ちの意見です」

深く息を吐き、シートに背中を押しつけながら身体を伸ばす。するといきなりシートを倒され、驚いて飛び起きかける……が、

「少し横になっているといい」

シートを調節する稜牙が、横から覆《おお》いかぶさる形になっている。少しでも身体を起こせば彼に密着してしまう近さだ。

「すみません……お気遣いを……」

「金持ちは、金は使えるのに気は遣えないとか、また呆れてため息をつかれるのは、遣《や》る瀬無《せな》いからな」

「そんなつもりでついたんじゃないですよ」

にわかに慌てて、言い訳してしまった。

それというのも、稜牙の口調が本当に遣る瀬無さそう……というか、シュンっと落ちこんだように思えたのだ。

まさか満腹でついた吐息を、そんなふうにとられてしまうなんて……。

（もしかして、意外と人の反応を気にするタイプ……とか？）

そう思いかけて……秒でフェードアウトする。他人の反応を気にする人が、こんなに威圧的であるはずがない。

みことはチラッと稜牙を窺う。彼は運転席に座った状態で身体をこちらに向けていた。

――それでも、最初のときほど彼を威圧的だとは感じない。

この圧に、慣れてしまったのだろうか。

彼の感触を身体に刻まれ、おまけに一緒に食事までしてしまった。

そのせいで……彼を怖いと思わなくなってきているのだろうか……。

「……ため息をついたのは……、お腹がいっぱいだったのと、友だちのことを思いだしたからです」

「ため息をついてしまうような友だちなら、縁を切れ」

「極端です。千石さんがその友だちと同じようなことを言うから、お金持ちって、みんな似たような考えなんだなって思っただけです」

わけがわからんと言わんばかりに、稜牙が目をぱちくりとさせる。……またもや意外な顔を見てしまった気がしてひるむが、みことは言葉を続けた。

「小さなころからお金に困ったことはないだろうって友だちがいて、彼女、なにかあるとすぐお金で解決しようとするし、お礼もお金で済まそうとするし……。悪い子ではないし、それが彼女が育った世界の常識なんだっていうのはわかるんですけど、友だちなのに、ちょっとしたことで『お礼するね』とか言われると……ちょっと……寂しくなったり……」

「お礼なら、対価としての金銭もありじゃないのか？」

「場合によりますよ。どこかへ付いてきてほしい、とか、そのくらいのことなら言葉で『ありがとう』って言われるだけでも嬉しいし」

「ふぅん……それなら、見合いのお供代はもらわなかったのか？」

「え……⁉」

「さっき会った、金城の孫娘のことなんだろう？」

驚いたあと、今度はみことがキョトンとしてしまう。本当は結里香の付き添いだったのだということは稜牙も知っていることだ。けれど今の話の〝友だち〟が結里香のことだと、よく察しがついたなと感心する。

「なんだ、その顔」

クッと喉の奥で笑われ、にわかに恥ずかしくなる。そんなにおかしな顔をしていたのだろうか。

「人の顔を見て笑うとか……し、失礼ですよっ」

ぷいっと顔をそらして窓の外に目を向ける。遠くに臨めるレインボーブリッジだけが見えればよかったのに、困っているふりで口元がゆるんでいる自分の顔まで窓に映ってしまい、みことはそこからも顔をそらした。

「いや、相変わらずイイ顔をするなと思って眺めていただけだ。気分が上がる顔をされれば、笑いたくなる」

「イイ顔って……」

面白い驚きっぷりだったとでも言いたいのだろうか。驚いた顔を見て気分が上がるとか……、意地悪ではないか。

(やっぱりこの人、本質的に怖い人なんだ……。人が困るのを見て、楽しむタイプの人なんだ)

あんな言いかたをされると、いやらしい意味の〝イイ顔〟も思い浮かんでしまうが、驚いたときにそれはないだろう。

「どうして、さっき会った友だちのことだってわかったんですか？」

「金を出してでも付いてきてほしいと頼んできた金持ちの友だち、なんて聞いたら、おまえが成金ジジイの孫娘に見合いの付き添いを頼まれたって話しか思いださない」

だからといって間違いないだろうと確信してしまえるのはすごいと思う。彼はみことの交遊関係をすべて把握しているわけではないのに、すごい自信だ。

「……ちょっと聞くが」

ふと稜牙の声が真面目なものになる。これはちゃんと聞かなくてはいけないことのように感じて、みことは稜牙に顔を向けた。

「おまえ……、どうして、途中で自分は違うんだって俺に言わなかった」

「……土曜日のことですか？」

「金城の孫娘と間違えられているというのは、最初の時点でわかっていただろう。婚前交渉がセットなんだと知らずにベッドへ連れていかれて、なぜその前に自分は本人ではないんだと言わなかった」

「……言ったら、やめてくれたんですか？」

「最初の段階だったらなんとかなったかもしれない。……まぁ、ベッドに引っ張りこむ前に手にキスをされたくらいで真っ赤になって、プルプルしている初々しい反応にムチャクチャ煽られたから、そこからは無理だったが」

——正直な人だ……。

しかし手にキスをされたのも最初の段階だ。あの段階では、まだ稜牙が怖くて怖くて仕方がなかった。口出しなんてしようものなら殺されるのではないかと思えたほどだ。

「言おうとしたんですけど……、言えなかったのはあります……」

「どうして」

「それは……あの……」

「俺が怖くて？」

「……はい……」

わかっているなら聞かないでほしい。しかし自分をわかっているんだなと感心する。みことが答えづらそうにしているのを見て、面白そうに喉で笑う。……これは、やっぱり意地悪だと思う。

「……友だちが、かわいそうだと思ったんです。どんな人なのかも知らされず、ただお茶を飲んでおしゃべりしておいでって言われたって……。婚前交渉のことは教えられていなかったってことですよね。彼女は不安で不安で仕方がないけど、……お姉さんの命令だし……。彼女、お姉さんに逆らえないところがあって……。ベッドに引っ張りこまれたのが彼女だったら、きっと、死にたくなるほどショックなんじゃないかって思って……」

「友だちのために……、自分が最後まで身代わりになってもいいと……思ったのか」

車の天井を見つめ、みことは静かに首を縦に振る。

きっと稜牙は呆れることだろう。友だちのためにそこまでする必要はあるのかと。

みことは処女だったのに、自分をなげうってまで、なぜ他人を庇うのかと。……笑われるかもしれない。

笑われてもいい。みことにとって、結里香は大切な友だちだ。

「それなら、仕方がないな」

静かに発せられたセリフに驚く。みことは目を見開いて稜牙を見た。

彼はシートに寄りかかり、フロントガラスから目の前に広がる景色を睨みつけている。

「友というものは、ときに自分にとってかけがえのないものになる。親兄弟より、優先すべきものになることもある。……己の身を投げ出して守らなくてはと思える友がいることは……素晴らしいことだ」

稜牙が顔を向ける。窓から入りこむ夜の光が彼の顔を照らし、明暗で形作られた双眸に痛いくらい心臓が跳ね上がった。

「大切にしろ」

「……あ、ありがとうございます……」

どこか憂《うれ》いの漂う眼差し。みことが褒められたはずなのに、なぜか切なくてきゅうっと胸が締めつけられる。

それが……とても綺麗だ……。

抱かれたときも感じたが、稜牙は眼光炯々とした双眸をゆるめると、引きこまれてしまいそうなくらい魅惑的な瞳になる。

怖いのとはまた違う迫力で……目が離せなくなるのだ。

(色気で脅迫されてるみたい)

心臓の音が大きい。車内が静かなだけに、この音が稜牙に聞こえているのではないかと焦りを感じる。

「……そんな理由でよかった……。安心した」

ふわり……と微笑む表情が、また暴力的だ。暴力……そう、こういうときにこそ、色気で殴ってくる、という言葉を使うべきではないか。

稜牙が運転席から身を乗り出し、みことに顔を近づける。片手で頰を押さえられ、ハッと目を見開いた。

「どうした……。蕩けそうな顔をして」

「あ……いえ……」

正直に言えないまでも、彼に見惚れていた自分を自覚する。蕩けそうな顔とまで言われるなら、きっと、うっとりした顔をしていたのだろう。

(恥ずかしい……)

頬の熱さまで強く感じ、この熱が彼の手に伝わっているのかと思うとダブルで恥ずかしい。

「友だちのため……という理由を聞いて感銘《かんめい》は受けるが、……俺の愛撫が気持ちよすぎて抱かれてもいいと思った、って言われたほうが嬉しかったな……」

「えっ……！　あ、それは……！」

にわかに慌ててしまったのは、それも間違いではないからだ。

「あんなに感じていたし、少し……そんな答えを期待したんだが？」

これは意地悪だろうか。それとも本気だろうか。少し困ったような顔が、微妙にみことの心をくすぐる。

ガッカリさせたくない。喜ばせてあげたい。そんな気分にさせるのだ。

「……それも、あります……。あの……」

かろうじて視線だけを下げ、ぼそぼそと言葉を出す。

「千石さんにさわられて……なんか……、心が止まらなくて……。身体が、もっとさわってほしいって思ってるのがわかって……。どうしたらいいか、わからなかった……」

「おまえ……」

「処女だったのに……こんなこと言ってごめんなさい……。でも、気持ちよかったのは本当で……。ごめんなさい、こんな……」

——いやらしいことを言ってしまって……。

続かなかった言葉を、みことは心の中で呟く。

今考えても、あんなに乱れた自分が恥ずかしい。ハジメテだったのに、身体が壊れるのではないかと思うくらい感じた。

「俺を見ろ」

命令に逆らえない。瞳が稜牙に引きこまれる。

視線が絡まった瞬間、彼に取りこまれた。

「謝るな。俺は……嬉しいから」

「あ……」

「まったく、おまえは……。今夜は、このまま帰してやろうと思っていたのに」

頬をひと撫でされ、指の動きにゾクッとしたものを感じた次の瞬間——稜牙の唇が重なってきた。

顔を左右に動かし、唇の表面を擦られる。かすかに開いた隙間からぬるりと舌が入りこみ、防ぐ間もなく舌を搦とられた。

「んっ……ぅ」

切なく喉がうめき、口腔内に攻め入った舌の軌跡どおりに、なんともいえない気持ちよさが発生する。

快感というものは、なんて素直なんだろう。キスの刺激をひとつ残らず取りこもうとする。

咥えこむように唇を吸われ、ちゅっちゅっとどこかかわいらしい音がしてくすぐったい。口腔内どころか唇から顎まで、まるで麻酔にかかったよう、ぼんやりとしてきた。

「ん……ウゥン……」

ドキドキするせいで胸が苦しい。甘えたトーンで鼻が鳴り、自分の反応が恥ずかしくて、みことは稜牙のコートの腕を掴んだ。

「千……石さ……ぁ」

「イイ声だ……」

甘いトーンを発した唇は、みことの耳へ移動し吐息をまぶしながら舌で耳殻《じかく》を舐る。

「ぁ……ハァ、あ……」

そこから発生する疼きが耳孔《じこう》から蜜のようにゆっくりと流れ落ちてくる。もどかしくてくすぐったくて、鼓膜が悶《もだ》えるとゾクゾクと上半身が震えた。

「ぁアンッ……」

耳を舐められているだけなのに甘い声が出てしまう。こんな反応をしてしまってもいいのかと迷う気持ちはあれど、止められない。

稜牙がネクタイをゆるめ、スーツの上着と一緒にコートを脱ぐ。脱ぐといっても腕を抜いて肩から落としただけだ。

彼のことなので間違いなく上等な品だろう。みこと基準ではありえない扱いかただが、しわになるからちゃんと畳んで後部座席にでも置きましょう、と注意する余裕はない。

耳からの快感から逃れられないままコートから腕を抜かれ、ニットをたくし上げられた。

「せ……千石さ……」

まさかこんな所で……。慌てた矢先、ブラジャー越しに柔らかなふくらみを揉みしだかれる。柔肌に加えられる心地よい圧と刺激。そんなに正直にならなくてもいいのにと困ってしまうほど、すぐに官能が反応する。

「あ……、ンッ、ン……」

「反応が早いな。あれだけ抱いてやれば、無理もないか」

「そんな……こと、ない……」

「強がらなくていい」

胸の頂を指先で掻かれ、布の下に隠れた突起がこわばっていく。強く圧し潰され穿《ほじ》るように掻かれると、頭頂からもどかしい電流が落ちてくる。

「あっ……ぅん、やっ、ぁ……」

布越しでなければ痛いくらいの力だったと思うが、あいだに一枚挟まるだけで、それを好《よ》く感じてしまえるのが悔しい。

「千ごっ……」

「イイ感じになっている。……見せてみろ」

「あっ……」

カップがずり下げられ、丸い白桃のようなふくらみがまろび出る。その頂に吸いつき、稜牙はちゅぱちゅぱと音をたてて吸いたてた。

「ぁンッ、やっぁ、あっ、千……石さ……」

稜牙に抱かれた時間を忘れていない身体は、否《いや》が応《おう》でも全身で彼の感触をフェードインさせていく。

腰の奥に重苦しさが走り、とろり……となにかが流れた感触に驚いて、みことは思わず腰を浮かせた。

それがわかったのか、それとも偶然か、稜牙がスカートをたくし上げながら腰の下に手を入れてきた。そのままストッキングとショーツが太腿まで下げられてしまう。

「ひゃっぁ……」

驚いて腰を下げるが、時すでに遅し。彼の手はしっかりと脚のあいだに挟まり、手のひらがささやかに盛り上がる秘丘を回し撫でている。

「んっ……ん、やっ、ぁ……」

強く圧されると、ゴリゴリと恥骨が刺激される。同時に揉まれる陰部の柔肉がとめどなく快感を生み出した。

「気持ちいいか？　こんなに固くなっていれば言わずともわかるが」

固く凝った乳頭を舌先で嬲《なぶ》り、吸いついて、また舌先を押しつける。まるでそこに快感のスイッチがあるかのよう。尖り勃った先端を圧されるたびに愉悦が駆け抜ける。

「やっ……千石さ……あぁ、やめて……ください……」

「いやなのか？」

そう尋ねながらも、秘唇に沈んだ指が膣口を探る。秘孔を指の腹で圧されるとピクンピクンと腰が跳ねた。

「ああ、そうか。わかった、すまない」

「ハァ……あっ！」

つぷぅ……っと指が吸いこまれていく。挿入感に反応した隘路が疼くままに彼の指を締めつけた。

「指くらいでそんなに張りきるな。悔しくなる」

「な……なに言って……あっ、ふっぅ……ンッ……」

ぐるりと回された指が上下左右の媚壁を掻く。困ってしまうほど身体は反応するのだが、気持ちとしては落ち着かない。

車内という密室ではあれど、ここは野外である。

近くを歩く人の気配は感じられないが、少々離れた場所に他の車は確認できる。ということはまったくの無人ではない。

隠れた夜景スポットのようだし、わざわざ車の中を覗く輩《やから》もいないのかもしれない。

けれど絶対ではない。もしかしたら、こういう場所だからこそ覗き見をする不逞《ふてい》の輩がいるかもしれない。

そう考えると安心して感じてなど……。

「ダメ……ダメェ、千石さ……ぁ、あんっ……」

「そんな声でダメとか言うな……。俺のほうが駄目になる」

「で……もぉ、ぁ、あ、指……深ぃ、あぁん……」

……安心はできないのに……、身体は正直に感じてしまうので困ったものだ。

ただでさえ指の動きが刺激的なのに、昨日の今日でこんなに煽られては、淫路が彼の剛刃にメッタ挿しにされた感触を思いだしてしまう。

「千……石さ……ぁ、ダメェ……ここじゃ……あぅンッ、ぃやぁ……」

「こんなになっているのに……、どうして、いや？」

「だって……だって昨日……あんなに、シて……あぁん……」

「足りない」

「し、しんじゃいます……ぅン……」

「昇天させたい……」

（なんてこと言うんですかぁ！）

かろうじて心では抵抗できるものの、身体が籠絡《ろうらく》されかかっているのがわかる。蜜路はスライドする指の感触を素直に受け取り、感じたと返事をするように愛液を吐き出していく。

静かな車内にぐちゅぐちゅと淫音が響き渡り、身体を動かすといやらしい香りが立ちのぼってくる。

「堪らないな……、俺のほうがどうにかなりそうだ……」

おまけに、こんな色気で殴ってくるような艶のある顔をされたうえ、少々上ずった我慢できないといわんばかりの切ない声で囁きかけられた日には……。

もう……その顔と声だけで、官能がノックダウンだ……。

「みこと……」

「ひぁぁ……」

なんて絶妙なタイミングで名前を囁くのだろう……。

身体も快感も、完全に服従状態だ……。

「千……ぁ……石さ……ぁんっ」

それでも、ほんのちょっと残る理性を総動員して、みことは稜牙のシャツを掴む。

「ダメ……今は……あっ、ンッ……いやぁ……」

このムードであれば、ダメと言っても通用しないだろう。言っているみこと自身、官能が稜牙に支配されてしまっているのがわかる。

せめて、……せめて覗き見するような不逞の輩がいませんように……。

それだけを願い、みことはキュッとまぶたを閉じる。瞳が潤んでいたせいか、わずかに涙がにじむ。

……と、稜牙の指の動きが止まった。

「わかった」

指が抜かれ、ブラジャーのカップが戻される。何事が起こったかと戸惑うみことの目尻に、稜牙の唇が触れた。

「泣くな。今夜は我慢する」

困った声を出されても、みことのほうが困ってしまう。どうしていきなりおとなしくなってしまったのだろう。

「あの……いいんですか？」

「なにが」

「……シなくて……」

「おまえはいやなんだろう？」

「それは……」

いやだというのは、こんな誰かに見られそうな場所じゃいやだ、というか……。

しかしそんな言いかたでは、本当は抱かれたくて仕方がないといっているみたいだ。

言《い》い淀《よど》んでいるうちにブラジャーのカップを戻され、服を直された。

「思えば、処女だったおまえを俺の欲望のままに抱き明かしてしまった翌日だ。これで今日もなんて……、それも、おまえに煽られて堪らないから抱かせろなんて……。すまない、……本当に、身体はつらくないのか？」

静かなトーンでやめた理由を口にし、稜牙はみことの髪や頬を撫でる。

（心配してくれてるの……？）

おどろきが先に出て言葉が出てこない。このまま押し切られて、車の中で抱かれてしまうだろうと覚悟した直後なのでなおさらだ。

おまけに、身体はつらくないかと再度確認している。

同じような話は車に乗ったときもしたが、やはり欲望のままに一日中抱き続けたことを、彼は気にしてくれているのだ。

いつどこから見ても凄絶な男前だが、身もすくむ恐《こわ》さは感じない。

感じるのは……、心からの、いたわり。

（不思議な人……）

喰い殺してしまいそうなほど怖い目をするのかと思えば、抱きついてしまいたいほどの配慮をくれる。

奪おうとする強引さを見せたあとに、……守る温かさを見せて……。

「あの……本当に、身体は大丈夫です。少しだるいかな、くらいなので……」

「本当にか？」

「……昨日は……たくさんさわられたので……、感触とか、結構残ってるんですけど……」

「ああ、まだ俺が入ってるような感触も残ってるんだったか」

「は、はい……。なぜか……」

「まぁ、そうだろうな」

「そうだろうなって……」

心配させたくなくてよけいなことまで言ってしまった気はするが、彼のひと言もよけいだ。いやらしい感触を残していて当然と言われている気分になる。

「俺だって、今日になってもおまえに喰いちぎられそうなくらい締めつけられた感触が消えない。おまえが、俺の感触を忘れていなくて安心した」

お互い様ということで、よかったというべきか、恥ずかしいと思うべきか。

（一日中エッチしてた人なのに、我慢してくれるんだ……）

頼りない抵抗の理由に食い違いはあるが、彼がみことの身体をいたわってくれているのだという事実には素直に感動する。

「今日のところは、これで我慢する」

稜牙が自分の手のひらをぺろりと舐める。指や手の甲まで舐めているのでなにかと思ったが、彼の手にはみことの愛液がしたたるほどについているのではなかったか。

「拭きますっ、舐めないでっ」

「駄目だ。これは俺の。このくらい堪能させろ」

口が出せなくなったみことを尻目に、手に付いていたものをすべて舐め取り、稜牙はニヤリと口角を上げる。

先程までのしっとりとした態度とは違う意地悪な雰囲気に、みことは焦りを隠せない。

「今夜はこのまま帰してやるから、心配するな」

まくり上がっていたみことのスカートを直しシートの角度を戻して座り直させると、稜牙は運転席へ戻る。

今度は自分のシートをわずかに倒し、落ち着こうとしているのか片手でひたいを押さえ深く長い息を吐いた。

我慢させてしまったのが申し訳ないような。少しかわいそうになるが、自分のショーツが太腿まで下がったままなのも気になる。

「あの……ちょっと、そっち向いていてもらってもいいですか？」

「なぜ？」

「下着、直したいので……」

「そのままだったな。直してやる」

「いいです、いいです。自分で直しますっ。そっち向いていてください！」

ムキになるみことが面白いらしく、稜牙は喉を鳴らしながらみことに背を向ける。

こちらを向く気配がないことを疑い深く確認して、中腰になりショーツとストッキングを直しにかかった。

「……聞いてもいいですか」

「なんだ？」

「今日は……どうしてわたしを待っていてくれたんですか？」

「食事の前にも答えた。反対に聞くが、駄目なのか？」

「……わたしは……お見合い相手じゃありませんでした……」

「だから？　俺は、おまえでいいって言っただろう」

その意味が曖昧なのだ……。

それを言われたのは、彼に抱かれた翌朝だった。それも、お見合い相手本人ではなかったと知られたときだ。

間違えて抱いた女でも構わないというのは、身体のつきあいならおまえでもいい……そんな意味なのだろうか。

衣服を整えてシートに座り直す。急いで直したので少々ストッキングがよれているような気もするが、仕方がない。

タイミングよく稜牙が顔を向ける。身を乗り出した彼に頭を引き寄せられ、くちづけられた。

「この続きは、また、な」

「またって……」

意味深なセリフにドギマギしていると、また唇が重なる。

「そんな顔をするな。おまえでいいんだ……」

囁く言葉が、少し冷たく感じたのは気のせいだろうか……。

＊＊＊＊

『そろそろご結婚もお考えなのでは？　決まった方はいらっしゃるんですか？』

ああ、またこの話か……。

最近、会う人間会う人間、まるで天気の話をするかのように結婚を話題に出す。

稜牙はいい加減、この手の話を出されることに辟易《へきえき》していた。

忌々しいことに、それを真剣に考えなくてはならない問題が起きているのでよけいにうんざりしていたのだ。

結婚なんて面倒くさい。仕事ができればそれでいい。女なんて、所詮は不動産王という肩書きと金が目当てで群がる人種でしかない。

『うちの孫娘なんですが、二十八歳の子がいまして、なかなかの美人なんですよ。本人もやりたいことがあるとかで、放っておいたらこの歳まで独身で。どうでしょう、千石さん、もらってやってくれませんか』

デジャブかと思う。そのくらい聞き飽きた話題で、苛立ちさえ覚えた。

黙れ。もうたくさんだ。どいつもこいつも口を開けば結婚だ跡取りだと。うんざりしすぎて、煩《わずら》わしすぎて、稜牙はそれを口にしてしまったのだ。

『結婚前提ということなら、会った時点で婚前交渉ありと考えるが？　その点は構わないのか？』

言うだけの器量良しで、なぜ二十八歳までフリーなのか。胡散臭《うさんくさ》い部分もあるが、稜牙だって仕事を理由に独身をとおしている。大きなことは言えない。

仮にも自分の孫娘だ。いくら結婚前提とほのめかされたとはいえ、初対面で身体の関係を結ぶと言われれば戸惑うだろう。

そう考えたのだが……。

『よい考えです。夫婦になるなら、ソッチの相性は大切ですよ』

千石稜牙と縁を作れば、自分の仕事が有利になる。言わずともそんな考えが見え見えで、吐き気がする。

金城の祖父は、孫娘を売ったのだ――。

「古狸《ふるだぬき》が……」

フンッと鼻を鳴らし、稜牙はソファに寄りかかって足を組む。

ホテルの部屋に戻った彼はバスローブ一枚の姿。シャワーあとの身体に軽く羽織っただけなので大きく前がはだけるが、部屋には自分一人だ。なにも気にすることはない。

背もたれに片腕をかけ、タオルドライもしていない髪をくしゃりと混ぜた。

グランドクラウン・ガーデンズホテル、上層階のクラウンスイート。みことをアパートへ送り届け、稜牙がここへ戻ってきたのは三十分前。

いつもなら最優先で手をつける仕事の報告書も後回しに、バスルームへ飛びこんだ。

早く脱いでしまいたかったのだ。みことに触れた衣服を。

みことに触れた手も指も唇も、早く綺麗に洗い流して、彼女のにおいも感触も取り去ってしまいたかった。

そうしなければ、すぐに引き返してアパートから彼女を連れ出し、この部屋に、自分の腕に閉じこめたくなる。

「クソッ……」

一人悪態をつき、稜牙は髪の水分を払うように頭を振る。髪をさわって濡れた指を見つめ、今まだ消えないみことの魅孔の感触をごまかそうと、強く握りこぶしを作った。

「どうして俺が……こんな……」

悔しげに呟くものの、言葉は続かない。悪態も続かない。

稜牙は諦めの息を吐き、バスルームから出た早々ソファに放り投げてあったミネラルウォーターのボトルを手に取った。

冷たい水を急いで流しこみ、一気に臓腑《ぞうふ》が冷えるのを感じてから大きく息を吐く。

内臓は冷えるのに、まだ身体が熱い。シャワーしか使っていないのだから身体は芯まで温まっていないはずなのに、火照りが治まらない。

その原因は、わかっている……。

「……みこと」

呟くと、また体温の上昇を感じる。それを抑えようと再びミネラルウォーターを口にした。

——どうしてわたしを待っていてくれたんですか……。

残業だったみことを待っていたのが、よほど不思議だったのだろうか。彼女は二度も同じように聞いてきた。

おまえでいいんだと曖昧な返事をしたが……。

——会いたかったからだ……。そう言ったら、彼女は信じただろうか。

会ったこともない男に抱かれるとわかっていて、ノコノコとやってきた古狸の孫娘。どんないやらしい女狐かと思っていたのに。

現れたのは、信じられないくらい真っ白な野ウサギだった。

初心な仕草も、戸惑い、いやがる様子も、最初は芝居かそういう趣向なのかと思ったが、処女だと察しがついてからはふたつの疑念にとらわれたのだ。

祖父に命じられ、一族の安泰のために自分を差し出しにきたズルい女なのか。

それとも、本当になにも知らずにここへ来たのか。

処女だというのに、従順に感じようとする身体。彼女の反応が嬉しくなってきたとき、怖がらせてはいけない、もっと感じさせてやりたい。……快感に酔っている姿を見たい。そう思ってしまった。

絶頂の余韻にとらわれたまま眠るみことを抱き寄せていたときの、共に忘我の果てへ連れこまれそうな心地よさ。

女を抱いて、あんな気持ちになったのは初めてだ。

彼女が金城の孫娘ではないと判明したときは、焦るよりもホッとした。

あのあとみことを一日中抱いてしまったのは、嬉しさの勢いだった気がしている。

本当なら、ずっとここに、自分のそばに置いておきたかった。

見合い相手と間違えられて、それでも抱かれたのは友だちを思ってのことだと知り、稜牙は自分の過去を思って共感せずにはいられない。

それだけでもみことの人柄に惹かれるというのに、途中で正体を明かしてでも逃げようとしなかったのは、稜牙にさわられて心が止まらなくなったからだという。

――処女だったのに……こんなこと言ってごめんなさい……。

謝る必要などない。

彼女が心まで感じてくれたのだという想いが、稜牙に火を点《つ》けた。

今夜は、本当に食事だけで帰すつもりだったのだ。部屋まで連れてくれば、きっとまた朝まで抱き続けてしまう。

それだから、車の中でもいいから彼女を感じてしまおうとしたのだが……。

数日前までなにも知らない身体だったのに、いきなりカーセックスに持ちこまれるのは恥ずかしいのだろう。快感に囚われながらも涙目で頼りない抵抗をするみことを見ていて、胸が苦しくなった。

「……俺が、行動を譲《ゆず》るなんて……」

自嘲して鼻を鳴らす。そのときルームチャイムが鳴り響き、ほどなくしてドアが開く気配がした。

警戒せずとも、稜牙が自分の他にこの部屋のキーを使うことを許している人間は、一人しかいない。

周囲を窺いながら、新原がリビングへ入ってくる。稜牙は少々からかうように喉で笑った。

「気を遣うな。俺一人だ」

予想外といった顔をされてしまい、稜牙は勝ち誇った表情を作る。

「意外だろう？」

「今夜はお食事だけと伺ってはおりましたが、信じてはおりませんでした」

こんなセリフも、新原は笑顔で言ってのける。他の人間に言われたのなら俺を信用していないのかとひと睨みするところだが、新原は別だ。

お世話役、兼、秘書である新原のこんな性格が、稜牙は気に入っている。

「しかし食事だけだと言ったことを後悔し、ふてくされてさっさとシャワーだけを済ませてしまった……というところでしょうか」

「おまえは俺をわかりすぎている」

「おそれいります」

「しかし俺だって負けてはいない。主人の俺がふてくされているのに、世話役のおまえはご機嫌らしい。……相変わらず、顔に似合わず手が早いな」

「お見通しですね」

「ほわんほわん、とした、おまえが好きそうな女だった。シャワーくらい使ってこい。主人の前に出るにはあるまじきにおいがする」

「申し訳ございません。なにぶん、私も彼女も急いでおりましたし、旦那様がまさか本当に食事だけでお戻りになるとは思っていなかったものですから」

揶揄しているようにも取れるが、新原の笑顔には嫌みがない。本心から悪気がないのだということは、長いつきあいなのでよくわかる。

稜牙はフンッと鼻を鳴らして組んでいた脚を解いた。

「……おまえがあの娘に手出ししたということは……、例の件は完璧に話がついたということなんだな」

「もちろんでございます。今回は先方の落ち度です。姉がくるはずの見合いに連絡も交渉もなく妹を向けられ、その妹がこられなかった。当然、結婚を前提にという見合いは白紙にいたしました。……向こうの落ち度のおかげで、旦那様にとってはとてもよい出会いになったようですが」

話をしながら、新原はソファの片隅に置かれていたオットマンを引き寄せ稜牙の前に置く。膝をついて主人の両脚をそこにのせると、適当に袖を通したとしか思えないバスローブを襟元から整え、腰紐《こしひも》を軽く結んだ。

「献身的で結構なことだ。気に入った女にさわったばかりの手で、男になんかさわりたくないだろう」

自分の右手を見つめ、これは自分のことだと鼻白む。しかし主人の意地悪な言葉に、新原は眉をひそめるような男ではない。

彼は立ちあがると稜牙の左手からミネラルウォーターのボトルを取り、顔を近づけた。

「なにをおっしゃいますか。私にとって旦那様は特別です」

おだやかで柔らかな口調に、どこか剣呑《けんのん》とした影が宿る。稜牙の濡れた髪を手櫛《くし》で梳《す》き、新原は主人に最大の敬意を示した。

「旦那様は、私の一族を救ってくださった。……それどころか、あの悪魔を蹴落として頂点に立たれたお方だ。貴方は私の命の恩人です。特別なのは当然」

稜牙から取り上げたカラのボトルを片手に、新原はバーカウンターへ向かう。

「なので、私は楽しみで堪らないのです。旦那様が、あの悪魔たちの小うるさい口をふさぐために喉笛を噛み千切《ちぎ》る日が」

言っていることはおだやかではないが、新原の口調はおだやかさを取り戻していた。ボトルを捨て、カウンターの中に入った彼は主人に笑顔を向ける。

「なにかお作りいたしますか？　美味しそうな野ウサギを捕獲し損ねた旦那様には、そのうっぷんを晴らすくらい強いものがよろしいでしょうか」

「そうだな。……その前に、報告を聞こう」

軽く鼻を鳴らして稜牙が不敵な笑みを見せると、新原は変わらぬ笑顔でカウンターを出る。

ダイニングテーブルに置いていたノートパソコンを携え、稜牙の前に立った。

「本日は旦那様に直接のご報告はできないかと考えておりましたので、報告はすべてこちらに送ってございます」

ソファ前のローテーブルに置き、データを表示させる。ディスプレイを稜牙側へ向け、かたわらに立って、新原は口頭での報告をはじめた。

「例の件は、少々面倒なことになっています。向こうでは甥《おい》を後継者に立てる算段を組んでいるようで」

「甥？　ああ、あの放蕩《ほうとう》息子か。とりあえず血が繋がっていれば誰でもいいってスタンスだな」

「大学卒業資格まで金で買うようなろくでなしですが、有利な点として考えられるのは、既婚者であり男子を儲けているというところでしょうか」

稜牙はフンッと鼻で笑う。強みとして考えるにはあまりにも貧弱だ。声を張り上げて笑いたくなる。

「そんなくだらない理由を掲げて、俺を失脚させようと考えるとは。血の繋がった親だと思うのも恥ずかしいくらいの愚か者たちだな」

「会社の役員たちも失笑モノの理由だとは思いますが、グループ会社の未来を見据え、継承していけない人間がトップにいるのは問題だから交代すべきだと騒ぎだしたのですから、向こうが形だけでも近親者の中から男子を儲けた人間を押し出してくるのは当然かと」

「能無しをトップに据えて、実権は自分たちが握りたいだけだ。トップが独身主義では会社の未来が危ういだの……くだらない」

そんな両親の言いがかりを、稜牙は最初、相手にしてはいなかった。

しかし独身主義だった千石グループの総帥が結婚を考え始めたとの噂が独り歩きをはじめ、誰に会っても結婚の話題を口に出されるという煩わしさが生じはじめる。

誰もが口にするのは、稜牙が結婚すれば会社は安泰だという話。

今まで話題にしたくても稜牙の圧が強くて口にできなかったことだけに、みんながみんな同じ話をする。

おまけに稜牙が独身主義であることを逆手にとった両親が、トップがこんな考えではグループの将来が不安だと、同じ意見の役員を味方につけて稜牙の失脚を目論見《もくろみ》はじめた。

金城の祖父に孫娘の話をされたときには、いい加減煩わしさが頂点に達しようとしていたときだったのだ。

誰でもいい。

この煩わしさを解消するには、紙切れ一枚で済む〝結婚〟という、なんの意味もないものを受け入れればいいだけだ。

不動産王の異名につられた強欲な女でも、この際構わない。

――誰でもいい。……しかし……。

「あの者たちの目論見は失敗に終わるでしょう。今の旦那様は、おそらく〝誰でもいい、面倒

立する。

「……おまえは俺をわかっていすぎて、俺の本音が歩いているのかと錯覚する」

稜牙の言葉に「光栄でございます」と返し、新原は身をかがめ別の報告を開いてから再び直

「こちらは、そのお相手、一色みこと様に関する報告でございます。平凡といえば平凡。意外といえば意外な経歴をお持ちで、旦那様と同じく実のご両親との確執がございます。……その点は後回しにして、一番にお耳に入れたい情報を」

「なんだ？　実は男がいたって話でも、別に驚かないが」

冗談のつもりで口にしたのだが、意外にもいやな気分になる。

それでも、みことに実は男がいたなんてありえるはずがない。彼女は処女だったし、キスもしたことがない反応を見せていた。

「男がらみ……ではあります」

稜牙の胸の内を察したか、新原は少々申し訳なさそうに眉を落とし言葉を続けた。

「彼女は現在、かなり金銭的に切り詰めた生活を強いられています。大学は奨学金で出ておりますし、卒業するまで生活支援の貸し付けも受けていた。親からは、一切の仕送りも受けてはいなかったようです。それらの返済の他、もうひとつ大きな支出があり……」

「利率の高いところからでも借りていたのか？」

「いいえ、示談金の支払いです」

「示談金？」

おだやかではない話だ。みことのような女性に、いったいなにがあったというのか。

「他人の物を壊《こわ》したとか、その程度のことだろう？」

もしくは、なにかの事故。問題はない。気にするようなことでもない。

問題を一蹴しようとする稜牙に、新原はわずかに声をひそめた。

「今の旦那様には、少々気になる問題ですね。それこそ、男がらみですから」

「なんだ？」

稜牙はいやそうに眉を寄せる。そんな主人を気の毒に思ったのか、新原の歯切れは悪かった。

「……結婚詐欺《さぎ》でございます」

第三章　予想外の溺愛

昨日は朝から身体に残る稜牙の感触に頭をいっぱいにされていたが、今朝は会社に近づくにつれ結里香のことで頭がいっぱいになっていた。

昨夜みことと一緒にいた男性が、本来自分とお見合いをする相手だったと、結里香はきっと気づいただろう。

友人だからと言って薦めてきた祖父と同じくらいの年齢だと思っていたのに、はるかに若い。おまけに暴力的なほどのイケメンだ。

話だけのときは気乗りしていなかったが、結里香は稜牙に興味を持ったのではないか。もしかしたら、稜牙の容姿を詳細に教えなかったことを怒るかもしれない。

結里香が気に入ったと言えば、もしかしたらもともとの話のまま結婚前提のお見合いが進んでしまうのでは……。

ズキン……と胸が痛み、みことの歩くスピードが落ちる。立ち止まってしまいそうにもなるが、会社のビルは目の前だ。ここで止まるわけにもいかない。

人の流れに紛れてゆっくりと歩を進める。痛んだ胸から煙のように不安が広がっていく。あまりの重苦しさに深呼吸を繰り返した。

……そうなっても仕方がないではないか。

もともとのお見合い相手は結里香なのだ。

稜牙だって間違えて抱いた貧乏ＯＬより、自分の仕事にプラスになりそうな家柄の令嬢のほうがいいだろう。

おまえでいい、というセリフは、適当に遊ぶならこの程度の女も面白いという意味だったのではないかと思う。

（そうだよ……あんな素敵な人……、無理……）

頭では諦めつつ、心のどこかで、また稜牙が会いにきてくれるのではないか。そんな、都合のいいことを考えている。

「みことちゃーん」

明るい声に呼ばれて、下がりかかっていた顔を上げる。社ビルの正面入口の前で結里香が両手を振っていた。

「ゆ、結里香っ、なにやってんのっ」

「みことちゃんがもう来るかなと思って、待ってたの」

急いで駆け寄ると、結里香はおっとりと理由を口にする。……もしかして稜牙の件で責められるかもと覚悟をしていただけに、少し気が抜けてしまった。

しかし安心してもいられない。吐く息が白いのは季節柄仕方がないにしても、ふわふわの髪から覗く耳が赤い。

恥ずかしがって赤いわけではない。寒くて赤くなっているのだ。

「いつからここに立ってたの？　耳が赤くなってる」

手袋を脱いで結里香の耳に手をあてる。考えていた以上の冷たさだ。彼女は毎日会社の前まで送り迎えがついているので、こんなに冷たくなっていることは、まずない。

もしかして、昨日のことを詳しく聞きたくて待ち構えていたのでは。断り役だったはずのみことが、なぜ自分のお見合い相手と一緒に食事に来ていたのか。

どう説明したらいいだろう。みことの頭の中では様々な言い訳が点滅する。そんな心配をよそに、結里香に変わった様子はなかった。

「三十分くらい前。みことちゃんがいつもより早く出社したら会えないと思って。だからそれよりも早く来たの」

「電話くれたらよかったのに。寒かったでしょう？」

「直接お話ししたかったから……」

「とにかく、ビルの中に入ろう」

放っておいたらこの場で立ち話をはじめそうだ。風邪をひいたら大変だと結里香の背を押してビルの中に入るが、出勤ラッシュ時間は頻繁にドアが開くせいかエントランスの入口付近もあまり温かくはない。

それでも、外じゃないだけいい。

みことはオフィスへ向かいながら話を、と思ったが結里香はすぐ話をする気満々だったらしく、腕を組まれて人の流れから外れた壁側へ引っ張っていかれた。

「昨日おじいちゃんに聞いたの。あのお見合い、あたし用じゃなかったんだって」

「じゃぁ、誰の……」

「お姉ちゃん用だったらしいよ」

「はぁ？」

つい不信な声が出てしまう。ということは、結里香の姉は自分にきたお見合いを妹に押しつけたというのか。

……しかし、なぜだろう。不動産王という肩書きは、派手な性格だと聞く結里香の姉なら飛びつきそうな気がするのに。

「姉で約束をしていたところ妹に変更になって、さらにどちらもこられずに代理人を向けられた、ということで、この話は白紙になったみたい」

「白紙？　なかったことに……ってこと？」

「うん。昨日、吉彦《よしひこ》さんがそうやっておじいちゃんと話してた」

「吉彦さん……？」

誰のことだろう。昨日、金城の祖父と話をしていたのはお世話役の新原だった。

「……もしかして……、新原さん……？」

思えば、彼のことは苗字《みょうじ》しか知らない。探るような聞きかたをしてしまったが、結里香は嬉しそうに声を弾ませた。

「うん、そう。すっごく丁寧に説明してくれたの。おじいちゃんはね、もう、どうなることかとちょっとビクビクしてたんだよね。なんていったって姉妹そろってすっぽかしたようなものでしょう？　でも吉彦さんの説明は優しくて、姉妹と縁はなかったけど、このお見合い話のおかげで主人にはいい縁があった、って。主人ともども感謝いたしますって、もぉー、かっこよかったよぉ」

「そ……そこっ？」

結里香のこのはしゃぎっぷりは、なんなのだろう。おまけに、当然のように新原を名前呼びしている。

「吉彦さん自体は怒ってるとかそういう口調じゃなかったんだけど、不動産王さんの代理でお話をしてくれているだけだし、おじいちゃんとしては不安みたいでね。そうは言っても本人が本当は怒ってるんじゃないかって。オロオロして見ていられないから、あたしが不動産王さんに直接謝りたいって言ったの」

「直接？」

「うん、そう言えばおじいちゃんも安心するかなって。それで、おじいちゃんとお父さんとお母さんには先に帰ってもらって、吉彦さんと場所を移動したんだけど……」

祖父を安心させるために稜牙に会って謝りたいと言ったようだが、昨日の食事中に来たのは店のスタッフくらいだ。

アパートに送ってもらうまで、結里香からは電話一本きていた気配はなかった。だとすれば、彼女はどこへ行ったのだろう……。

「あの……結里香……」

もしかして、いや、まさか……。

そんな思いを胸に、みことはおそるおそる問いかける。口に出しづらいせいか、自然と視線がそれてしまった。

「それは……あの、謝りたいとは言ったけど……本当に、千石さんに謝りに行ったわけじゃないんだよね……？」

「行かないよぉ。みことちゃんが不動産王さんと仲良ししているところに行くわけないじゃない。そこまで野暮《やぼ》じゃないから、あたし」

「なっ、仲良しっ」

彼女の罪のない暴言に挙動不審になりかかる。この場合の〝仲良し〟は、仲良く一緒にご飯を食べていた、という意味にとっていいのだろうか。それとも……。

（待って、わたし、結里香に〝そういうコト〟をしてた、って思われてる⁉）

そういうコト、に似たことは、していた……。

稜牙が考え直してくれなければ、車の中でコトに及ぶところではあった。

結里香とはそういった性的な話をしたことがなかっただけに、男性と二人でいればそうなって当然という目で見られていることに戸惑いを感じずにはいられない。

「だから、あたしも仲良ししちゃった」

「は？」

「なんていうの？　フィーリング？　一目惚《ひとめぼ》れ？　なんかこう目があったときに子宮がきゅんきゅんキちゃったんだよね。あたし、もう、メンズストリップ観たいなんて言わない。あんなイイ身体つき見たの初めて」

両手を頬にあてうっとりする結里香を見つめ、……みことはかすかに眩暈《めまい》を感じる……。

（……主人と同じで、お世話役も思い切りがいいというか……手が早いというかっ！）

「でも、昨日はビックリ。みことちゃんが言っていたとおり、本当におじいちゃんじゃなかったんだね」

「え……あ、千石さん……のこと？」

「千石さん……ああ、そうそう、不動産王さん。すんごいイケメンだよね。吉彦さんがいなかったらついつい目で追っちゃいそう。でもね、それを吉彦さんに言ったら、私はあなたしか見えていませんでしたよ、とか言われちゃってぇ。やだ、もぅ、やきもちかなぁ」

（あ……ノロケだ……）

話題が稜牙関係になってドキリとしたものの、見た目を褒めたのも惚気《のろけ》るための前置きだったのだと察しがつく。

新原と結里香は昨夜が初対面だろう。それなのに、すぐに身体の関係ができて惚気るほどになってしまうとは……。

（千石さんだって、逞《たくま》しくてすごく綺麗な身体してるし、腰が砕けそうなくらい色っぽい人なんだから……）

対抗意識を燃やしてしまい、ハッとする。

人のことは言えない。みことだって、稜牙と出会って数分でベッドの中にいた。経緯は違えど、彼に魅せられ、対抗意識を持つくらい心が侵食されているではないか。

おまけに……。

結里香が稜牙ではなく新原に惹かれたらしいことを知って、ホッとしているうえに気持ちが明るくなってきている。

稜牙の姿を見てこの人がお見合い相手だったんだと知った結里香が、やっぱりお見合いのやり直しをしたいと言ったり、みことは付き添い役でしかなかったのにどうして一緒にいるのかと怒っていたり、……そしてなにより、稜牙に惹かれた様子がないことを……、みことは、安心している……。

「でも、わけがわかんないお見合いに行けって言われてオロオロしちゃったのが嘘みたいな結果だよねぇ」

結里香はご機嫌な顔で両手をうしろで組み、みことの顔を覗きこむ。

「お断り役を任せちゃったときは申し訳ないなぁって思ったんだけど、……気に入られちゃった感じなの？　みことちゃんの純朴なかわいらしさにヤられちゃったのかなぁ」

「じゅ、純朴って」

いつもほわほわしている結里香が、今ばかりはみことよりうわてだ。

なんだかおかしな気分だが、どうやら異性関係において、結里香はみことより数百倍オトナらしい。

「昨日もお食事に誘われてたの？　もしかして、そんなことも知らずに朝あたしが誘ったの、迷惑だったんじゃ……」

「違う違う、約束もなにもしていなかったのに、いきなり会社の前にいて……」

「きゃぁー、言わなくても会いにきてくれるなんて、素敵っ」

「す……素敵……」

そういうものだろうか。相手の予定も聞かず会社の前で待ち伏せて、自分の予定最優先で食事に連れていかれるのは……素敵なことなのだろうか……。

しかし、稜牙に待ち伏せされたことを驚きはしたが、いやではなかったし迷惑だとも思わなかった。

かえって……この人が二時間も自分を待っていてくれたことに、少しときめいて……。

もしこれが他の人だったなら、こっちの予定も聞いてよと、自分勝手に行動されることに憤慨したのではないだろうか。

……その前に、そんなことをするような男性には縁のない人生だったのだが……。

「ヘンな話だけど、お姉ちゃんに押しつけられたことがいい方向に転ぶのって初めてかも。今回ばかりは、密かに感謝、かな」

結里香は苦笑いだが、どことなくオドオドしているようにも見える。聞きようによっては悪口にも感じるからだろう。

とはいえ話題がそれてくれるのはありがたい。このまま進んだら、身体の関係を持ったきっかけまで話のネタにされそうだ。

おそらく、今回のお見合いが婚前交渉込みだったことは、白紙になった今でも結里香は知らないだろう。

それを知れば、もしかしたら、いらない罪悪感を持たせてしまうかもしれない。

「結里香のお姉さん、どうしてお見合いを譲ったんだろう？　だって不動産王だよ？　それを聞いただけでお金持ち確定でしょう？　お姉さん、ゴージャスな人らしいから喰いついてきそうなのに」

なるべく嫌みにならない言いかたにしようとしたのに、最後の、喰いつく、は少々まずかったかもしれない。……しかし結里香のほうが容赦なかった。

「そうだよねぇ……お姉ちゃん、お金持ちとイケメンが大好物……という言いかたも、いかがなものかと思う……。

大好物なのに」

イケメンでお金持ち。さらに婚前交渉込みという条件を受け入れれば、結婚は約束されたも同然のお見合いだったのに。

「……もしかしたら、お姉ちゃんも千石さんがどんな人か知らなかったんじゃないかな。おじいちゃんの紹介ってくらいだから、おじいちゃんと同じくらいの歳の人とおしゃべりしてこいなんて面倒と思ったのかも」

そう考えれば納得できる。いくら不動産王の肩書きがあっても年齢的にアウトだったのかもしれないし、婚前交渉の約束を知っていたなら考える余地もなくパスだったのだろう。

それだから、詳細を伝えず、結里香に押しつけたのだ……。

「でも、お断りで残っていたみことちゃんを見ただけでお食事にも誘ってくれるなんて。よっぽどみことちゃんを気に入ったんだね。……もしかして、あの日はお断りで顔を合わせただけで終わらなかったんじゃ……」

「結里香っ、そろそろオフィスに行かなきゃっ。わたし、部長に送ったデータの説明とかしなくちゃならないかもしれないからっ」

「ああ、そうか、そうだよね、ごめんね、行こっ。……あっ、話につきあわせたお詫《わ》びにジュース奢るよ」

「いらんってば。あとで一緒にドリンクサーバーまで行こう」

結里香の腕を引いて歩きだす。エレベーターホールへ向かい、話題が昨日の残業の話に代わったのでホッとした。

人違いをされた挙句《あげく》、婚前交渉という名目で抱かれてしまったことは、結里香には知られてはいけないと感じるのだ……。


十二月ともなれば、経理課では毎日の仕事、毎月の仕事、の他に賞与や年末調整の仕事が追加される。

年末調整は決算に次ぐハイライト業務だが、ただ計算を出すだけが仕事ではない……。

「……と、いうわけで、こちらの副業分は自分で確定申告をすることになります。申告に必要なだけの副収入があると思いますので、必ず届け出てください」

経理課の片隅に置かれている相談用のスペース。副業についての資料を相手に渡し、みことは業務用の笑顔を作る。

不安そうに受け取ったのは今春《こんしゅん》入社の男性社員。みことの倍はある大きな身体を小さくして、資料とみことを交互にチラチラ見ている。

「……そんな大きな額じゃないんですけど……。来年にでも、二年分一緒に……とかじゃ駄目なんですか……？」

「届出にも期限がありますから、延滞《えんたい》税がかかってきますよ？　その前に無申告加算税とか重加算税なんかの適応を受けてしまったら大変ですから、素直に申告したほうがいいです」

男性社員は顔全体で「ひぇっ」とおののく。常日頃から会社や個人の税金関係を扱っている経理としてはスラッと出てくる言葉だが、やはり日常的に聞き慣れない税の名称は心臓に悪いだろう。

「それほどの額じゃないっていうなら、よけいにちゃんと計算して申告したほうがいいです。経費を出して計算すれば、還付《かんぷ》される可能性もありますから。……お金、戻ってくるかもしれませんよ？」

「そうなんですか……。わかりました、やってみます！」

今度は顔全体がぱぁっと明るくなる。わかりやすい人だ。みことはそのままの笑顔で意気揚々と経理課のオフィスを出ていく男性社員を見送った。

（うんうん、誰だって還付は嬉しいよねぇ。せっかくの副業なのに、申告してとられるのはい

やだよね)

白瀬川建設は、仕事に差し支えのないレベルならばという条件で副業を許可している。それなので趣味やアルバイトで副収入を得ている社員が複数いるのだ。

そうすると、確定申告が必要な収入に達する者も出てくる。

何年もやっている者や自分でやらなくてはいけないという意識がある者はいいのだが、ときに、面倒だし税金で取られるのはいやだ、額が少ないので会社で一緒にやってくれないだろうか、などの相談を受ける。

それに対応するのも、この時期の大切な仕事なのである。

……が、昨年はまだしも、今年はみことが相談担当になっているような気がしないでもない。

(副業かぁ……。今の人はブログのアフィリエイトだっけ。器用な人って羨ましいな。わたしも、副業でもやっていればよかったかな)

……それができれば、少しは支払いの足しにでもなっただろうか……。

とはいえ、いつ終わるのかわからない残高が減るのは嬉しいが、しっかり掛け持ちできるかが問題だ。

「なんだか彼、ニコニコしながら帰ったな。いや、ありがとう、一色君」

少々大げさに言いながら近寄ってきたのは総務部部長だ。誰あろう、昨日みことが残業になる原因を作った本人である。

「確定申告なんて面倒くさい、しょせん副業なんだから放っておけばバレないと荒れていたらしくてね。いや、君に説明に入ってもらってよかったよ。君は説得力があるから」

「おそれいります」

「話していると安心するというか、その独特な雰囲気は、とてもいい」

「……ありがとうございます」

褒められたのに、素直に喜べない。――同じようなことを逆手にとられて、取り返しのつかないことになっているからかもしれない……。

「シッカリ者の経理ちゃん、とはよく言ったものだ。金銭感覚がしっかりしているのはいいことだよ。一色君は絶対に借金なんかで苦労を背負うタイプじゃないな」

「そうですか？」

笑ってみせるが、口元が引き攣《つ》りそうだ。

この手の話はされたくない。みことはさりげなく話題を変えた。

「ところで部長、妙に褒めてくれますけど、もしかしてまた残業ですか？」

時刻は終業時間の三十分前。昨日の例もあるので、もしやと思ってしまう。

「いやいや、残業ではないんだが、頼みたいことがある」

とは言われても、みこととしては疑う気持ちでいっぱいだ。

……昨日も、そんなにかからないと思うから、と言われた。その結果が、二時間コースの残業になったのだ。

「副社長室に、コーヒーをふたつ持っていってくれないか」

「コーヒー……ですか？」

不審げな声が出てしまう。コーヒーを淹れて持っていく、というのが問題ではない。会議やミーティングで飲み物を用意することはあるし、客人にお茶を出す役目を引き受けたこともある。

が、副社長室……などという殿上人《てんじようびと》級の重役にコーヒーを持っていくなんて初めてだ。

ふたつ、ということは、同じく重役、もしくは同等クラスの客人がいるということではないか。

秘書課の社員が頼まれるならわかる。どうしてその役目がみことに回ってくるのかがわからない。

「あの……」

「そんな不思議そうな顔をしないでくれ。副社長のご指名なんだよ。君をよこしてくれって。なんでも、大切なクライアントのご指名だとか」

「クライアント？」

「副社長のクライアントなら、会社に関わる重要事項かもしれないし、よろしく頼むよ。もしかして、経理課に未来の白瀬川を支えるシッカリ者の経理課員がいるって噂が流れていて、それで君に会ってみたいという話をされたのかもしれないぞ。いや、ここからそんな注目を集める社員が出るなんて、実に栄誉なことだ」

「とりあえず行ってきます」

またしゃべりたそうな部長を置き去りに、みことはアッサリと踵《きびす》を返す。

自分の部下が注目されるのが嬉しいのか、それともみことの機嫌をとって穏便に行かせたいのかどちらなのかはわからないが、あのまま聞いていたら遅くなってしまう。

「コーヒーか……」

副社長のお客人に、コーヒーマシンのコーヒーを持っていくのも違うだろう。みことは給湯室へ入り、ドリップパックをふたつ用意した。

(でも、わたしを指名って……なんだろう)

取引先の営業や経理担当者、または会議などで顔を合わせたことのある重役、役員。さまざまな顔が脳裏をよぎっていくなか、もしかして……と思われる人物の顔も思い浮かぶ。

(まさか……ね)

不確かな思考をめぐらせつつ、コーヒーカップをふたつのせたトレイを持って副社長室へと向かった。

こぼさないよう気をつけながらエレベーターに乗るのは、なかなかに至難の業。重役フロアの給湯室を借りればよかったかとも思うが、いまさら遅い。

やっと重役フロアに到着すると、エレベーターの前で副社長の男性秘書が待ち構えていた。わざわざ出迎えられたことに驚いたが、考えてみれば副社長室など行ったことがない。案内してもらえるのは非常に助かる。

「失礼いたします。コーヒーをお持ちいたしました」

ドアの前で声をかけると、中から「どうぞ」と声が聞こえる。男性秘書がドアを開けてくれたので、トレイから手を離さずに中へ入ることができた。

やっとこの緊張感から解放されるとホッとするものの、ちょっと気を抜いたのが悪かったかもしれない。

廊下よりもさらに踏み心地のいい絨毯に足を取られ、ぐらっ、とバランスを崩してしまったのだ。

「あっ……」

転ぶ、までいかなくとも、コーヒーをこぼしてしまう。そう感じたとき……。

「おっと……」

……トレイからコーヒーカップをふたつ、ソーサーごと取り上げられたのである。

「危ないな。こぼしたらどうする」

「す、すみませ……」

みことの謝罪は途中で止まる。……止まらざるをえない。すぐ横に、あわやこぼしかけたカップをソーサーごと持ち、みことを見つめる人物が立っている。

ありえないが、指名をしてきたのはもしかして……と考えた……。稜牙だ。

「こんな熱いものをこぼしたら、君が火傷《やけど》をする。絨毯が汚れるだのカップが割れるだのはどうでもいいが、君が痛い思いをするのはいただけない」

（な、なにをおっしゃっておられますかっ、不動産王様⁉）

稜牙の真剣すぎる物言いは、本心からみことを案じてくれている。

消しカスひとつ落としても怒られそうな絨毯に、コーヒーをこぼそうが割れたカップの破片を飛ばそうが構わない。

……みことが、怪我《けが》をしなければいい、と……。

「階下のフロアから運ばせたのか。なぜこのフロアで用意するように指示をしない。もしくは危険が伴わないようワゴンを使わせるべきだろう」

稜牙の視線はみことからそれ、中央のコーナーソファへ突き刺さっていく。

まさしく〝突き刺さる〟という表現がピッタリの目つきだ。そばで見ているだけなのに、みことまで血の気が引いた。

こわいから、ではない。彼が目を向けた場所には、コーヒーを運んでくるよう命じた副社長が座っている。

年齢的にも稜牙と同じくらい。端整な顔立ちに背が高いところは似ているが、常に明るく朗《ほが》

らかな雰囲気が漂っているところは最大に似ていない。

現に今も、稜牙に睨みつけられてクスクス笑っている。

しかし、自分が原因で副社長という重役が責められるのはあっていいことではない。みことは口を挟もうとするが、稜牙の勢いのほうが強かった。

「やはりこの会社は根本からひっくり返したほうがいい。全国に支社を置いていい気になっているから、末端《まったん》への配慮ができていないんじゃないのか」

「ま、待ってくださいっ、今のは、わたしが……！」

慌てて声を大きくするが、それよりも大きな笑い声が聞こえ、みことの言葉はまたしても止まってしまった。

「ほんっと、面白いな、千石君は！」

楽しげに笑っているのは副社長である。ゆっくり立ち上がると、近づいてきた稜牙からコーヒーカップをひとつ受け取り、この状況をどうしたらいいかと冷や汗を浮かべるみことに微笑みかけた。

「千石君がひどいのです。『経理課の一色みことに接待させないなら、この会社を土地ごと買い上げる』とか言うのですよ」

「か……買い上げ……ってっ」

なんてスケールの大きな話だろう。建物込みで土地ごと……。莫大《ばくだい》な金額になるだろうが、不動産王ともなるとこんなことも平気で言えてしまうのか。

（……確か……このあたりの土地の評価価格が……）

好奇心に負けて頭の中で計算が始まるが、とんでもなく上がり続ける金額にギブアップしかかる。すると、稜牙がそばに戻ってきて手をとられた。

「そんな所につっ立っていないで、こっちへ来なさい。君は、私の接待役なんだ」

「あ……」

驚くのは、片手にコーヒーカップがのったソーサーを持ったまま、もう片方の手でみことの手をとりソファへ促す、……その動作。

稜牙に手をとられると、身体が軽く動く。なんの戸惑いも感じない、流れるように導かれる極上のエスコートだ。

こんな扱いを受けるのは初めてで、身体が驚くあまり、彼の横に座らされた瞬間からやっと心臓が高鳴りだした。

「今日の仕事は終わったのかな？」

「はい、……だいたいは……」

「それはよかった」

微笑む表情の、この艶やかさ。高鳴ったついでに心臓が停まるのではないだろうか。

おまけに、副社長の前だから仕事用の顔になっているのか、態度が二人きりでいるときに比べて超紳士的だ。

（なに……これ……）

かっこいい……。

そんな感情が、意識しなくても湧いてくる……。

「一色さんには、私の接待役としてきてもらった。よろしく頼む」

「接待……ですか？」

この理由にも戸惑う。ここは食事の席ではないし、お酌をしておもてなし、というシーンでもない。

話し相手……は副社長の役目だろう。

……ただ隣に座っていればいいのだろうか……。

チラリと副社長に目を移すと、みことの不安を読み取ったかのよう、安心しなさいと言わんばかりに人あたりのいい表情を作る。

その顔にホッとしかかった、が……。

「このあと、千石さんとの食事につきあってあげてほしい。弊社が、この横暴極まりない不動産王にお買い上げされないよう、しっかりと頼むよ」

「食事……ですか……」

それなら接待になるのかもしれないが、天下の不動産王が満足してくれるような店を、今から予約できるだろうか。

その前に、ＶＩＰ接待枠でどのくらいの金額まで認めてもらえるかが問題だ。

(部長に掛け合おう。副社長のお客様って言えばなんとかなる)

「ああ、店は予約してあるから、君は今すぐに帰り支度をして役員用の駐車場まできなさい。副社長指示になっているから、君の上司の確認はいらない」

みことが頭を悩ませる原因を、稜牙はスパッと解決する。おまけに交通手段まで調達済みらしい。

とはいえ、会社を買い上げるなんて平気で言えてしまう不動産王の接待が、経理課の平社員である自分でいいのだろうか。

……いくら、ワケアリの関係を持っているからといって。

「大げさではなく、社運をかけた接待なんだ。よろしく頼むよ一色君」

副社長に真剣な顔で言われてしまった以上、社員としては「会社のために」と最敬礼をするほかない。

敬礼とまではいかなくとも、みことは「はい！」と直立し、帰り支度をしにオフィスへ戻った。そして……。

――すぐに駐車場へ向かったのだが……。

「あの……」

「なにをつっ立っている。早く乗れ」

稜牙の口調が変わっている。

いや、副社長室にいたときの彼がいつもと違っていただけで、今のが正式な彼なのだろう。

「タクシーは……」

「俺の車があるのに、いらないだろう」

目の前には、二日連続でお邪魔した稜牙の高級車がある。つまりは、接待相手の車で移動をするということなのだが……。

「……あの、わたし……、運転はできませんので……」

「俺が運転する。当然だ」

「ですが、ご接待させていただく千石様にお手間をおかけするわけには……」

「いいから乗れっ」

「ひゃっ……！」

助手席のドアを開くと同時に押しこまれる。シートに膝をついて前のめりになったせいでフレアースカートがめくれそうになり、みことは急いで腰を下ろした。

脚とスカートを直しているうちに稜牙が運転席へ入ってくる。次の瞬間彼が素早く覆いかぶさってきて、みことはおおいに慌てた。

「せっ……千石さっ……駄目ですっ、ここ、駐車場っ！」

「これだ、これ」

「え……？」

身体を離した稜牙の手には、シートベルトが握られている。どうやら着けてくれようとしただけらしい。

「昨日、車の中じゃいやだってフラれているのに、同じことを繰り返すほど馬鹿じゃない。おまえは意識したようだが」

冷静に言いながらみことのシートベルトを締めた稜牙は、続いて運転席用を引っ張る。

自分だけがおかしなことを考えたのかと恥ずかしくなって下を向くと、すぐに顎を掴まれ、顔が上がるのと同時に稜牙の唇が重なってきた。

「せっかくだから、期待に応《こた》えてやる」

「期待なんてしていませんっ」

「本当か？　スカートをまくって確かめるぞ」

「さ、さぁ、お食事に行きましょうか！」

必死に話題を変えようとしているのがバレバレだ。稜牙が小さく笑いながらエンジンをかけ車を出すと、みことは気を取り直して話しかけた。

「今夜は、わたしが千石様を接待させていただきます。正直、あまりこのような役目を担当したことがございませんので、至らない点も多くあるかと……」

「そんなに堅苦しく考えるな。ただのデートだ」

「デッ……！」

頭が混乱する。接待だと言われて出てきたのに、デートにすり替わっている。

「おまえを連れ出したかったが、また残業を押しつけられて時間をロスするのはごめんだ。そこで、副社長に取り引きを持ちかけた」

「取り引き……？」

「おまえを俺の接待担当役にしてくれたら、白瀬川でうちの本部の新社屋と俺の家を発注する、ってな」

「新社屋と……家？」

「もちろん新築だ。仕事も金額も大きなものになる。ヒラの営業あたりが契約を取り付けたなら、大昇進間違いなしだな」

そんな大きな契約をぶら下げられているなら、副社長がみことを呼びつけても無理はない。

稜牙はデートという言葉を使ったが、仕事が絡んでいるのなら、副社長が言うように接待扱いでも正解だ。

……とすると、みことがなにか稜牙の気に障るようなことをすれば、この話はなかったことになるのでは……。

（ちょっ……責任重大すぎやしませんか⁉）

なかったことになって、大きな仕事を逃してしまった責任をとれと言われたら、どうしたらいいのだろう。

とんでもなく高額の契約をフイにしてしまった場合、解雇だけでは済まないのではないか。

「……なにを考えてそんな情けない顔になっているのかは想像がつくが……、やっぱり発注しない、とか言わないから、安心しろ」

「えっ……あ……」

情けない顔をしていた自覚がなく、みことは両手で頬を押さえて稜牙を見る。彼は前を向き、苦笑を隠せない様子で車を走らせていた。

「おおかた、俺の機嫌を損ねて発注の件が白紙になったらどうしようとか、損失を弁償なんてことになっても無理、とか思っていたんだろう」

「よくおわかりで……」

「接待の件は、俺が副社長に無理やり頼みこんだ。あいつはクソ真面目だから、社員を生贄《いけにえ》に契約をもらうようなことはしたくないから、友人として協力してやると言ってきた」

「友人、ですか……」

「つまりは、おまえが今、俺をひっぱたいて車を降りても、白瀬川に発注する気持ちは変わらない。最初から、あいつに頼むつもりだった」

「友人、だからですか？」

「それもあるが、会社への信用もある」

「ありがとうございます……」

にわかにホッとし、緊張が解けていく。みことはこの会社が好きなので、信用を置いてもらえているのは嬉しい。

契約のことを深く考えなくていいとすれば、稜牙は本当にみことを残業なしのまま連れ出したくて接待を装《よそお》ったことになる。

「だから安心してつきあえ。今夜はフレンチのビュッフェに行こう。自分の適量で食べられるから、昨日のようなことにはならない」

「あ……ありがとうございます」

昨日食べすぎてしまったことを言っているのだろう、とは思う。

……車の中でおかしな雰囲気になってしまったことまで思いだしてしまうのは、みことの考えすぎだ。……と思うのだが……。

「昨日みたいになりたいか？」

「な、なにを言っているんですかっ、車の中はいやだって言ったじゃないですかっ」

「動けないくらい腹いっぱいになりたいか、って意味で聞いたんだが？　ストレートに正直だな。おまえ」

楽しげに笑われ、カアッと頬が熱くなる。

「誤解するだろうなとは思ったが、期待どおりで面白い」

「予想済みですか……意地悪ですよっ……」

照れるあまり強い言葉は出てこないが、精一杯の不服を申し立てる。すると、チラリとみことを見た稜牙が……はにかむように微笑んだ。

「すまない。かわいかったので、つい」

背筋が伸びる勢いで、心臓が跳ね上がる。

稜牙はそのまま視線を前に据え、運転を続けている。みことは一人胸の高鳴りをどうにもできず、両手を膝で握りしめた。

（嘘……どうして……）

予想外だ。……いや、あんな顔は反則だ。

かわいかったと言ってくれた稜牙を見たとき……。

みことのほうが……彼を、かわいいと、思ってしまった……。


稜牙が連れてきてくれたのは、もう二度と足を踏み入れることもないだろうと思っていたグランドクラウン・ガーデンズホテルだった。

オフホワイトを基調としたフレンチレストランはとても明るく、堅苦しい雰囲気はない。

円卓にかけられたテーブルクロスは花飾りをポイントに添えてドレープを作っており、まるで幼いころ絵本で見たお姫様のドレスだ。

品のいいシャンデリアに合わせたかのようなホワイトツリーが飾られ、派手すぎない電飾が見ていて気持ちいい。

ホテルに出入りする客層ゆえか、堅苦しさのないビュッフェでも騒がしさはなかった。

ビュッフェなら食べすぎることはない……。稜牙はそう考えてくれたのだが――。

「――す、すみません……」

「いいから、しっかり掴まっていろ。歩くのはゆっくりでいい」

「はい……」

稜牙の片腕に抱きつくように掴まり、みことはゆっくり足を進める。彼が歩調を合わせてくれているおかげで、仲睦《むつ》まじいカップルという雰囲気のままにレストランを出ることができた。

(情けない……)

みことの中で、恥ずかしさと情けなさが混じりあう。

並んだフランス料理の珍しさと美味しさに盛り上がり、食べすぎかな、と思ったときにはすでに遅く……。昨夜の二の舞である。

まさか、お腹がいっぱいで動けないという経験を、二日続けてしてしまうとは……。

その様子に稜牙が気づいて腕を貸してくれなかったら、しばらくテーブルから動けなかったところだ。

（連日こんな美味しいものばかり食べていたら、胃が贅沢《ぜいたく》になっちゃいそう……）

嘆きかかり、みことはハッとして稜牙に掴まる手に力を入れた。

「せ……千石さんっ、なにか食べたいものありますかっ」

「はぁ？　そんな状態で、まだ食うのか、おまえ」

「ちっ、違います、お土産でもいいので、なにか、あの……領収書、必要なので……」

「領収書？」

エレベーターの呼び出しボタンを押し、稜牙が眉を寄せる。

今夜は接待だということで、わずかではあるが会社を早く出てきている。部長には接待を任されたと報告してあるので、接待費として切られた領収書を持たないままで帰るわけにはいかないのだ。

みことには領収書が必要なのだ。

当然といえば当然のように、ビュッフェのほうはいつの間にか稜牙がチェックを済ませていた。

高級ホテルのフレンチレストランのビュッフェでは接待費の範囲を超えてしまう可能性がある。当たり障りのない金額で領収書をもらえるのが一番だ。

みことの考えに気づいたのだろう。稜牙は「ああ」と思いついたように呟いてエレベーターに乗りこんだ。

「それなら、あとで今のレストランに白紙の領収書を届けさせるから、気にするな」

「白紙って……。なんだか悪いことをしているみたいですね……」

「大げさだな。それなら、ジェラートとフルーツのセットでも頼むか？　ここのオリジナルジェラートは美味いから」

「この冬にアイスですか？」

ちょっと驚いた声を出すと、稜牙は軽く笑い、みことをうながしながらエレベーターを降りる。彼女に気遣っているのかゆっくりと歩を進め、提案の理由を口にした。

「室温を上げた部屋で食べるアイス類は美味いだろう？　もしかしてアイスは嫌いか？」

「好きです。夏なんか自分でかき氷とか作って食べますよ。でもさすがに冬はやらないです。普通、アイスを食べるために室温なんか上げませんよ」

そんな話をしていると、ジェラートの領収書の件で不満を漏らしていた営業がいたことを思いだす。

理由を添えて領収書を再提出してくださいと言ったが、結局は出ないままだ。

「俺も以前はそう思っていたんだが、真冬の北海道でしばらく仕事をしたとき、取引先の会社がいつも熱いくらい暖房を入れているからアイスを差し入れたら豪《えら》く喜ばれた。女性社員たちが『ストーブの前でアイスは常識』とか言っていて、不思議に思って自分でもやってみたら、これが意外にも夏とは違う美味さを感じるもので。冬に食べるアイスもいいものだと、しばらくハマった」

「そ……そうなん、ですか……？」

「冬に食べるアイスは、夏とか風呂上りとかにはない美味さがある気がする。結構好きだな。シャリシャリよりクリーム系がいい」

「そ、それは……美味しそうで、す、ね……」

心がうろたえる。その原因が数個……三個ほどあってどれなのか見当がつかない。

(そ、そんな、かわいい顔でアイスを語らないでくださいっ、不動産王様っ！)

冬でもアイスが美味しいと、楽しそうに話す千石稜牙。

ほのかな少年っぽさを感じて、それを目の前で見てしまったみことには、このギャップが堪らない。

きゅんっとする、どころか、胸の奥がぎゅんぎゅんして痛い。

(待って、心臓に悪いから、これっ)

呼吸困難になりそうな自分を守るため、思考はうろたえる原因となったもうふたつのうちひとつを相手にしだす。

冬の北海道、ストーブの前でアイスは常識、という話で思いだしてしまったのだ。

例の営業社員が出張で行ったのは北海道だった。とすれば、ジェラートがお土産だったというのは、疑うことではなかったのかもしれない……。

そして……なんといっても、うろたえた原因ナンバーワンは……。

エレベーターを降りたのは一階ではなく、上層階だ。この上品な雰囲気の廊下といい、立ち止まったドアといい……。

ここは、週末に稜牙とすごした部屋ではないだろうか……。

考えこむあまり足が止まってしまう。するといきなり身体が浮き上がった。

「どうした。とうとう動けなくなったか」

稜牙にお姫様抱っこをされ、さらに動揺が走る。言い訳する間もなくドアをくぐりリビングへ連れていかれ、ソファに下ろされた。

「すぐに食べられなくて不安なら、ケーキかチョコレートにするか？　ホテルメイドのショコラトリーは種類も豊富だ」

「……すみません……わたし、ほんとに考えなしで……」

「食べすぎたからってそんなに小さくならなくていい。……と、言いたいところだが……」

稜牙はコートとスーツの上着をソファの端に放り、ネクタイをゆるめながらみことの隣に腰を下ろす。膝に両腕を置いて彼女の顔を覗きこんだ。

おだやかな表情にドキリと鼓動を煽られていると、静かな声で問《と》い質《ただ》される。

「どうした？　なにを思いだしている？」

「……たいしたことでは……」

「言え」

静かな声なのに、逆らってはいけない迫力を感じる。そうだ、おだやかな表情はしても、この人はこういう人だ。

「会社でのことなんですけど、……以前、少々高額すぎると感じた領収書を不受理にしたことがあって……。でもそれが、北海道に出張していた人のジェラート代だったので……。今のお話を聞いて、疑っちゃいけないものだったかもしれないって思ったんです」

「女性が多い職場なら、妥当な手土産だろうな。または展示会での差し入れか。……その社員は、理由は言わなかったのか？」

「季節的にアウトだと思うようなことを言ってしまったので……。言えなかったのかもしれません。明細付きで再提出してとも言いましたが、出しにこないということは諦めてしまったのかなと思います。……ちゃんとした理由も聞かないで金額だけで判断して、……悪いことをしてしまいました」

完全に思いこみからくる自分のミスだ。営業だって、担当者ばかりを相手にしていればいいというわけではない。ときには職場全体に気を遣う必要がある。

失敗に気持ちが沈みかかるものの、そうしてばかりもいられない。みことは溜まった息を吐いて正面を見た。

「明日、営業課に行って直接本人に確認します。本人が言いづらいなら、こっちから言ってあげれば解決するかもしれないし。わたしのミスなら謝らなきゃ」

対処法を口に出すと少し気分が上がる。ひとまずやれることをやらなくては。

「前向きだな。自分から解決策を見つけに行くのはいいことだ」

稜牙に褒められると照れる。人を褒めるイメージがあまりないせいだろうか。

「悩んでいても仕方がないですから。問題が起こったら、周囲がなんだかんだ言っても自分が動かなくちゃ解決しません。こじれる前になんとかしたいじゃないですか」

「……なるほど」

稜牙の納得がどことなく物憂げで、その表情の秀麗さにドキドキする。なにか言いたげに視線をくれるので、みことはどこを見ていたらいいのか困ってしまう。

さりげなく視線を泳がせ、思いつくままに言葉を出した。

「そ、それにしても、このお部屋、いつから用意していたんですか？　またわたしが食べすぎると見越してのことだったんですか？」

ホテルの外へ出るのかと思えば、普通に部屋に入ってしまった。それも先日すごしたのと同じ部屋だ。

これはわざとなのだろうか。――あの日の夜を思いだせとでもいうのだろうか。

「用意したのは……三ヶ月前だ」

「はぃ……？　さんかげつ……？」

「その前は半年間フランスにいた。国内外に別荘が二十ほどあるが、ホテル暮らしをしているほうが多い」

「……ここに、住んでいるんですか？」

「それだから、見合いの待ち合わせもこのホテルにした」

「それで……翌日になってもゆっくりしていたんですね……」

「チェックアウトくらいの時間には解放されると思っていたのか？　おまえ、そんなことを考えている余裕はなかっただろう？」

　ニヤリとされて体温が上がる。あの日は朝から離してもらえなくて、稜牙に導き出されるたくさんの快感についていくので必死だった。

「でも、ホテル暮らしとか……すごい……」

　仕事であちこち行くからなのだろう。別荘の数だけでも驚きだ。

「ご実家は、日本にはないんですか？」

「実家？」

「日本にいるときは、ご実家に身を寄せてもいいんじゃないかって」

「実家と呼べるものはない。一応血の繋がった両親は住んでいるようだが、一緒に住む気もかかわる気も一生ない。……向こうがいやだろう」

みことはとんでもなくよけいなことを聞いてしまったことに気づく。だいたい、彼は三十六にもなっている立派な成人男性なのだから、近くにいるからって実家に身を寄せなくてはならないことはない。

おまけに、話の雰囲気から稜牙には両親とのあいだに確執があるようだ。

みことだって、親と一緒に住まないのかと聞かれたら答えに困る立場なのに……。

「……すみません、なんだか、よけいな話をしてしまって……」

「いや、かまわない。かえっておまえには知っておいてもらったほうがいい」

稜牙がみことのコートを肩から落とす。思えば、彼が住んでいるのならここは彼の家だ。コートを着たまま座っているのも失礼というもの。

みことは「すみません」と小声で呟きながら、彼にうながされるままコートを脱いでソファの端に置いた。

「……不動産王と呼ばれていたのは、もともとは祖父だった。祖父はずいぶんと俺に目をかけてかわいがってくれた人で、経営も駆け引きも、すべて祖父から学んだ。そのおかげで、高校に入るころには不動産投資で自分の動産不動産を所有していたし、祖父に勧められて起業の準備も始めていた」

「すごい……ですね……。そんな歳で……、天才じゃないですか……」

初めて不動産王という肩書きを聞いたとき、当然高齢の男性かと思ったし稜牙を見たときは若すぎると驚いた。

　幼いころから英才教育を受けた彼は、生まれながらにして不動産王を名乗るにふさわしい技量を持った人だったのだろう。

「天才とも言われたし、陰では、祖父がそのまま今の地位を譲るのは自分の息子にではなく、俺だろうとも囁かれていた。……それを面白くなく思っていたのは、俺にとっては名ばかりの父親だ。当然だろうな。自分を飛ばして全実権が息子にいこうとしているのを黙って見ているタマじゃない。商才はないくせに、悪巧みにだけは頭が働くろくでなしだ。……ああ、でも、奴《やつ》も天才ではあったな。私財を食いつぶし、損益《そんえき》ばかり出す天才だ」

　稜牙は鼻で笑うが、みことはどうにも笑えない。ただの不仲ではなく、これはかなり根の深い確執ではないだろうか。

「持病で祖父が倒れたとき、ここぞとばかりにあの夫婦のやりたい放題が始まった。反社会勢力と手を組み、違法な地上げで荒金稼ぎをしていると知ったのは……俺の友人が殺されそうになったときだ……」

「え……」

　深刻の度合いが増し、みことは目を大きくして稜牙を見る。彼にまっすぐ見つめられ、いつの間にか目をそらすことも身動きすることさえも叶《かな》わなくなっていた。

「高級旅館を営んでいた友人の一家が、不当な負債を負わされて旅館ごと乗っ取られた。路頭に迷うどころか一気に奈落《ならく》へ落された友人を放っておけるはずがない。俺は病床の祖父に掛け合い、弁護士立会いのもと、生前贈与として動産や不動産、株式からあらゆる権利まで、すべてを相続した。……そのうえで、自分が起ち上げていた会社に吸収し、実質的にすべてを自分のものにした。善《よ》からぬものは切り捨て信頼できる者だけをそばに置いた。友人一家も、救うことができた」

話のスケールが大きすぎて言葉が出ない。こんなスリリングでドラマチックな話が、現実でも起こり得るのだ。

みことが友だちを思って、自分が代わりになってもいいと考え稜牙に抱かれた話をしたとき、彼は笑わなかったし馬鹿にもしなかった。

それどころか共感さえしてくれた。

彼もまた、友人のために奮起《ふんき》した経験がある。

それだから、みことの気持ちをわかってくれたのだろう。

「ご両親は……どうされているんですか？」

「放り出すこともできたが、祖父の顔で会社に置いてやってはいる。経営には手も口も出せない立場だ。……たまに面倒なことを言うが、……小さなハエが飛んでいると思えばどうでもいい程度だ」

ずいぶんな言われようだが、彼にとっては本当にそのくらいの存在なのだろう。

きっと、稜牙が大きすぎる存在だから、そう感じても仕方がないのだ。

「あの……おじいさんは……」

「元気だ。悠々《ゆうゆう》と別荘で隠居生活をおくっている。無理はできない身体だが、会いに行くといまだに俺を子ども扱いする元気はあるようだ。……そのうち、連れていってやる」

「そんなっ、わたしなんて……」

恐れ多いとばかりに両手を振ると、その手を稜牙に掴まれた。

「……俺にとって、大切な身内と言える人だ。覚えておけ」

「はい……ひゃっ」

返事をした次の瞬間、片手のひらに唇をつけられビクッと身体が震える。そのまま稜牙の瞳だけが動き、みことを射貫いた。

「怖くないか……。今の話を聞いて」

「……怖い？」

経歴だけを知れば、およそ自分とはかけ離れた世界で、考えられない人生を歩んできた人だ。稜牙を取り巻く環境、境遇を考えると全身が戦慄《せんりつ》する。

「……怖く、ないです」

それでも……。

みことは怖いと思えない。

「話は怖いけれど、そこに立つ千石さんを……怖いとは思えない。自分を生かすために闘ってきたんだと思えば、とても強い人なんだと……尊敬します」

「おまえ……」

「わたしは……どうしようもないくらい追い詰められたとき、戦わずして逃げました。……解決策は、戦わないことだった。だから、負けを認めて逃げてしまった。……だから、千石さんはすごいと思う」

みことの経験を重ねられるほど、稜牙が歩んできた道は単純ではない。

それがわかっていても、胸に押しこめた想いがあふれ出しそうになって、みことは軽く下唇を噛む。

堪える唇に、稜牙の唇が重なってきた。彼が目を開けているのを確認してまぶたを閉じると唇を優しく吸われ、噛みしめていた唇がほどけていく。

優しいキスだった。なぜか慰められているような気がして、力が抜けていく。

両手首を掴んでいた稜牙の手がみことの腰に回り、軽く引き寄せる。キスをしたまま、さりげなくカットソーの裾から彼の手が潜りこんできた。

「んっ……」

大きな手が背中を撫でていく。その感触に身じろぎすると、ブラジャーのホックを外される気配がした。

「ぁ……それ……」

とっさに出た声は、改めて強く吸いついてきた唇にふさがれる。戸惑う間もなく舌を搦めとられ、情熱的なくちづけに翻弄された。

「ンッ……ぅ、ん……ふぅ……」

喉が甘くうめく。顔の角度を変えながら擦られる唇がじわじわと心地よさを生み出し、胸の奥を熱くしていく。

支える役目を果たせなくなっているブラジャーの中で、稜牙の手が柔らかなふくらみを揉み崩す。もう片方の手で背中を支えられているので、身体を引いて逃げることもできない。

唇で舌をしごかれ、ひかえめだった唇が大きく開いてくる。下顎が震え、口から漏れる吐息が恥ずかしいくらい切ない。

頃合いを察して胸の頂をつまみ上げられ、ビクンっと上半身が跳ねた。

「ひゃ、ぁ……ン」

唇と舌が解放されてすぐ、カットソーをブラジャーごと身体から取り去られる。なにもできないまま、ソファに押し倒された。

「千石さ……」

「おまえを抱きたい」

ストレートな要求に心臓が跳ね上がり、みことの目は彼女の肩を押さえつける稜牙に引きつけられる。真剣な瞳がみことを見つめ、その艶にあてられて……動けない。

「そんな困った顔をするな。おまえを抱きたくて我慢できなくなっている自分に困っているのは、俺のほうだ」

「そんな……」

「それに昨日、続きは今度と言っただろう」

「今度、が早すぎます」

クスリと笑った稜牙の顔が落ちてくる。首筋から鎖骨に吸いつき、胸の上で戸惑う呼吸に震えるふくらみを、両手で揉みしだいた。

「あ……千石さ……」

「おまえに触れたくて、おかしくなりそうだ」

「どうして……わたし……、あぁっ！」

片方の頂に吸いつかれ、火花のような刺激が走る。ぴくんぴくんと身体が震えると、稜牙が嬉しそうな声を出した。

「おまえは俺にさわられたくなかったのか？　すぐにこんなに反応するのに」

「反応……って、あぁぁっ……！」

頂をちゅるちゅると吸いたてられ、すでに色気づいた先端の果実を舌で押しつぶされる。周囲の霞まで舐めたくられて、稜牙の唇と舌から導きだされる快感に、一瞬たりとも抗えない。

「あ……あぁ、や、ンッ……そこっ、ぁあっ……！」

身もだえしたがる身体をどうすることもできない。これがベッドの上ならひそかにシーツを掴んで耐えるのに、ソファの上ではどうしたらいいのかわからない。

「ダメ……そんなに、触っちゃ……あっぁあ……！」

「イイ具合に固くなって……食いちぎりたいくらいそそられる」

「やっ……や、ダメェ……」

ぷっくりと膨らんだ赤い果実が、傍若無人《ぼうじゃくぶじん》な舌と指に嬲られる。そこから全身に走る甘い熱に耐えられず、行き場のない両腕で自分の頭をかかえ指先に力を入れた。

耐える力の行き場はできたが、この形を作るとただでさえ上向きの胸がさらに吊り上げられ、これでもかと白いふくらみが強調されるので、まるで見せつけているかのようだ。

おまけに頭をかかえることで顔が下を向く。稜牙がふたつのふくらみをもてあそぶ様子が目の前で見えてしまう。

彼の唾液で濡らされた乳頭はいやらしい光沢を持ち、握り潰さんばかりに揉み崩される乳房は彼の五指を喰いこませピンク色に染まっている。指の間から顔を出す突起は尖り勃ち、むず痒いまでの疼きを発生させていた。

「ああ……ンッ、ン……そんな、舐めちゃ……ぁンッ……」

「美味いんだから仕方がない。俺も、腹いっぱいで動けなくなるくらいおまえを喰いたい」

「なに言って……」

(やらしいですよ！)

稜牙の言う「腹いっぱい」とは、どれほどのものか……。

もしやこのままだと、明日の朝まで放してもらえないのでは……。

(あ……明日も仕事ですっ！)

「ぁっ、あ……やンッ……ん」

「ホント、感じかたが素直で……かわいい」

嬉しそうに乳首に吸いつかれ、みことはただあえぐことしかできない。

心の中ではあれやこれやと反論していても、身体が彼に逆らえないのだ。

おまけにそんな嬉しそうな声で「かわいい」なんて言われた日には、心まで蕩けきってしまいそう。

「千……石さぁ……あン、ハァ……」

「ここのラインも綺麗だ」

「あっ……！」

稜牙の唇は乳房のサイドラインをなぞり、腋《わき》の下、腕の付け根に吸いついていく。丸みの輪郭をなぞられているだけなのに、ゾクゾクが止まらない。

腋に舌を這《は》わされると、くすぐったさとは違う歯痒さが腰に落ちた。

「あぁあ……や……あんっ……」

「どこまで煽るつもりだ。ほんんと……堪らない」

「そんな……あっ……！」

中途半端にソファから落ちていた片脚はそのままに、もう片方の脚だけ稜牙の肩に預けられる。スカートがまくり上げられた直後、繊維《せんい》が裂ける鈍い音がしてストッキングが破られたのがわかった。

「やっ……ぁ、あの……」

「すまない……。脱がせている余裕が持てない」

「千石さん……」

いつものようにどっしりと構えた余裕を感じられない。この人も、こんなに焦ることがあるのだと思うと胸がきゅんっとする。

おまけに今日穿いていたのは少々厚手のストッキングだ。それを裂いてしまうほどとは、……どれだけ、この人に求められているのだろう……。

きゅうぅ……っと締めつけられる胸が痛い。鼓動が早くて、脈打つ心臓の音が彼に聞こえているのではないかと思うと羞恥でまた胸が疼いた。

「よかった。おまえも余裕がないみたいだ」

「あっ……！」

頭をかかえていた手が離れ、とっさに稜牙の腕を掴む。掴んだところでどうにもならないのはわかっているのに、掴まずにはいられなかったのだ。

ストッキングを裂いた稜牙は、当然のようにショーツの脇から指を忍びこませ、秘部に溜まる泥濘を掻き混ぜはじめたのである。

「あっ……あ、やっ……」

「ぐちゃぐちゃだ……」

「やっ、や……ぁ、恥ずかし……」

「もっと恥ずかしくしてやる」

溜まる蜜を押し出しながら指が蜜孔に入ってくる。

挿入の感触で脚の付け根に力が入るが、稜牙に腰を持ち上げられ指がリズミカルにスライドしはじめると、その力は溶けていった。

「あ、ぁっ、指……ハァ、ぁ……」

「昨日も言ったが、指なんだからそんなに張り切って締めるな。すぐ挿れたくなる」

「やっ、ぁあ、千石さっ……指、つよ……い、あぁ！」

指の動きが大きいせいか、ぐちゃぐちゃと堪らなく淫靡《いんび》な音が響いてくる。指に擦られる膣壁がこの刺激を喜んでいるのだと思うと、羞恥のゲージが上がり続け、どこまで上がってしまうのか天井が見えない。

「恥ずかしぃ……やぁぁ……ダメェ……」

「そうだな。指くらいでこんなにぐちゃぐちゃにして……。恥ずかしいだろう。そんなにさわってほしかったのか」

「やっ、や……そんな、こと……、ぁ、あっ、ダメ……ン……」

「正直に言ってみろ。もっと気持ちよくしてやる」

空いている手が乳房をいじりはじめる。片方では飽き足らず、両方混ぜるように揉みたくり乳首をつまみ上げた。

「やぁ……！　ぁっ、ハァ……ぁ」

刺激を与えられた部分から火花が散って、快感に変わっていく。弾けきれない火種が腰の奥に溜まり、もどかしくて堪らない。

「せんごっ……ああ……腰、重……あぁんっ」

「ほら、正直に言え。俺にさわってほしかったんだろう？」

なんて自信たっぷりな言いかたをするんだろう。しかし身体が稜牙の手や唇を歓迎しているのは隠しようのない事実で、感情まで彼を受け入れようとしている。

曲げた指で媚襞を擦りたてられ、指で感じるなと言うくせに、みことの淫らな部分が悦《よろこ》ぶ刺激を与えてくるのだ。

「あぁん、ンッ、さわって……さわってほしかった……です……ンッ、んァ……」

「よし」

ＯＫが出た瞬間、膣襞と遊んでいた指が一点のポイントをめがけて突き挿さってくる。大きな火花が目の前で弾け、白い光とともに絶頂がせりあがってきた。

「やぁぁ……あぁンッ——！」

稜牙の膝にのせられていた腰がさらに上がり、一瞬引き攣る。すぐに力は抜けるが、それを狙ったように彼の唇は身をひそめていた秘珠に吸いついた。

「ンッ、あぁっ！」

音をたててすすり上げられ、消えかかった火種《ひだね》に大きな炎があがる。無理やり引っ張り上げられた快楽は、再びの絶頂感とともに弾けた。

「やっ……あぁ、あっ——！」

一気に体温が上がり、身体にまったく力が入らないままソファに伸びる。

みことの腰と脚をソファに戻した稜牙が、すっかり快感に取りこまれた彼女を見つめながらウエストコートとトラウザーズを脱ぎ捨てた。

「どうした？　これからもっと、いやってほどさわってやるから、このくらいでバテるな」

「……こ……怖いです……」

上がる息をなんとか抑えながら声を出す。

自分の身体が、稜牙がくれる快感に従順すぎて怖い。感じすぎではないだろうか。そうは思っても、快感をコントロールすることなどできない。

稜牙は避妊具の封を口で切ると、ニヤリと口角を上げた。

「目が怖いか？　おまえを抱きたくて必死になっている。怖い目にもなるだろう」

絶頂の余韻とは違う意味で体温が上がる。

抱かれることどころか快感にも慣れきっていなくて翻弄されるばかりなのに、稜牙は本当にみことを抱いて満たされるのだろうか。

「でも、わたし……千石さんにされるがままで……」

「ん？」

「こんな……慣れていない女じゃ……、千石さん、つまらないんじゃないかとも思うんですけど……」

準備を済ませた稜牙が、みことのストッキングとショーツを取り去る。両脚を腕にとり、腰を寄せた。

「俺はおまえがいい。だから、俺に抱かれろ」

重い声が、みことの全身に沁《し》みていく。

命令口調なのに、しがみついてしまいたくなる優しさを感じるのは、怖いのは嫌だから、というみことの願望だろうか。

みことの両脚を腕に預け、座面に手をついた稜牙が軽く覆いかぶさってくる。

「おまえが俺を受け入れるなら、悪いようにはしない。……俺の、そばにいろ」

「そばに……」

その言葉を、どういう意味にとったらいいのだろう。考える間を与えられないまま、待ちわびた場所に充溢感《じゅういっ》が訪れる。

「あっ……！」

ぐぬっ……と、大きく形を変えた膣口が、大きな質量をぐぶぐぶ呑みこんでいく。

「あっ……ぁぁ、ンッ……！」

「やっぱり……まだキツいな……。つらいか？」

「ぃ……いいえ、大丈……夫、あっ、ぁあっ！」

自分の中が稜牙で満たされていく。先日散々彼の熱に慣らされた隘路が熱塊の再訪問に歓喜し、熱く潤《うるお》って彼を包みこんだ。

「すごい歓迎だな……。嬉しいが、そんなに締めるな。もたなくなりそうだ。少しおまえを堪能させろ」

「し……知りま、せん……。わざとじゃな……あっ、あ……」

「……やっぱりイイな……、おまえのナカは……」

根元まで挿入された滾りが、ゆっくりと戻され、また深くまで挿入される。まるで隘路を慣らそうとしているかのよう、様子を見ながら抜き挿しされる。

「ン……ん、千石さ……」

「イイ子だ……ちゃんと俺を覚えている、あれだけ抱けば、忘れようもないか」

なんとなく意地悪なことを言われたような気がして、みことはわずかに拗ねた表情を作る。そんな彼女に軽くくちづけ、稜牙はくすぐったげに微笑んだ。

「最高だ。もっと思いださせてやる」

様子を窺うような抜き挿しが、徐々に速度を増してくる。両脚を彼の腕にとられているせいで、腰が上がり剛直が真上から突き挿さってくる。

「ンッぁ、あっ……ささって……く……ああっ！」

「もっと挿れてと呑みこんでいるのはおまえの身体のほうだ。そんなに欲しかったのか」

「やっ……も……ぉっ……！」

かけられる言葉がいちいち意地悪すぎる。これでは、みことの身体がとてもいやらしいと言われているかのようだ。

みことは両手の甲で顔を隠す。彼の目を見ていたら、どんな恥ずかしい言葉でも引き出されてしまいそうで怖い。

「そんなこと……言えませ……あっ、ぁ……」

「身体が言っている」

「ぁ……ンッ、そういうことに……したいんで、すかぁ……あぁ……」

「当然だろう」

無防備に揺れていた乳房に吸いつかれ、頂を嬲られる。目を隠していたせいで愛撫を予想できていなかったせいか、みことは「ひゃんっ」と驚いた声をあげ、身震いしながら手を外した。

「あっ……ンンッ！」

乳首を甘噛みしながら引っ張られ、痛いようなむず痒いような感覚に背中が反《そ》る。下半身に力が入ると稜牙の唇が離れた。

「気持ちよくしてやると、こうやって締めつけてくるからすぐわかる」

強調するように大きく腰を振られ、みことは思わず稜牙の太腿を掴む。しかしそうすると、彼が剛強を突きこんでくる動きが手からも伝わってきて、蜜窟と一緒に手まで気持ちよくなってくる。

「ンッ……あぁ、千石さぁ……ン」

「抱きたくて堪らなかった女が、自分を求めているなんて最高だ」

みことの片脚から腕を外すと、稜牙は彼女の身体を横向きにしながらもう片方の脚を胸に預ける。ソファに伸びたみことの片脚を跨《また》ぎ、背もたれの上を掴みながら腰を揺らした。

「昨日お預けされているから、本当ならディナーをすっ飛ばして部屋に引っ張りこみたかったんだが、お腹がすいたって泣かれたら困るだろう」

「な、泣きませ……あっ、ぁ、や……」

「俺は泣きそうだった。早くおまえを喰いたくて」

「なに言って……あぁっ、やぁンッ……！」

楽しげに笑う稜牙に突き上げられ、反論したらいいものか、あえいでいたらいいものかわからなくなる。

ただとんでもなく伝わってくるのは、彼が本当にみことを欲してくれているということ。

抱きたくて堪らなかった女。

まさかこの人に、こんなことを言ってもらえるなんて。

胸の奥を鷲掴みにされたような、心地よい胸苦しさ。そこから発生する熱が原因で、腰の奥がきゅんきゅんする。

「あっ……ん、んっ、千石さっ……あぁん……」

「美味いな……おまえの身体……」

「やぁあん……もぉ……、あっあ……！」

稜牙の声が、言葉までもが、甘い刺激になって肌に染みてくる。もどかしい疼きが電気のように弾けて、みことは上半身をうねらせた。

「ぁ……ゥン、んんっ、ぁぁ……」

「そんなに動いたら、ソファから落ちるぞ」

「ン……だって、あぁっ……あっ！」

快感に疼く身体をどうにもできないまま悶え動いていると、本当に肩と頭がソファからずり落ちてしまった。

とっさに落ちた肩の腕を座面前につけ、もう片方の手を床について身体を支える。

……が、上半身だけ稜牙に背を向けたおかしな格好になってしまった。しかし落ちかけた身体はどうしようもない。

「暴れん坊だな」

彼が脇を掴んだので、引き上げてくれるのだとホッとする。が、そのまま身体をずらされ、両手と彼の胸に預けていた片脚も床に下ろされた。

膝をつかされると四《よ》つん這《ば》いの体勢になる。みことが脚を下ろすのと一緒に稜牙もソファを下りたので、依然繋がったままだ。

ただ片脚だけが座面に残っていて、大きく脚を開いたまま閉じられなくなっている。

さりげなく下ろそうとするが上手く動かない。それを察した稜牙がソファにのった脚を押さえる。脱がされないまま腰に残ったスカートをウエストに挟んでお尻をさらすと、勢いよく腰を突きこんだ。

「あぁぁン！」

パァンと派手に肌がぶつかり合う音がして、同じくらい派手に蜜壺まで愉悦が湧き出る。同じ強さで内奥を穿《うが》たれ、肌が逢瀬《おうせ》を繰り返す音に淫らな水音が混じりあった。

「あっ……あ、や、あぁん……強ぃ……ダメェっ！」

最初に立てていた腕は肘から下がり、みことは首を下げて柔らかな絨毯の繊維を掻く。

突かれるごとに揺れ動く乳房が、顔のそばまで寄ってきている。おまけに絨毯に先端がたえず擦られ、それだけで快感が生まれる。

「あぁぁ……やぁん……ンう……」

上半身を悶え動かすと胸のふくらみが左右に揺れて、先端がまた違う快感を得た。

「あっ、ぁ……やぁぁ、胸ぇ……」

肘から片方の腕を取られ、上半身が起き上がる。ぐりぐりと腰を押しつけられると蜜窟で暴れる猛りの切っ先が淫襞を嬲り、強い愉悦が走った。

「あぁ……やっ、ああんっ！」

「胸を擦りつけて感じていたのか。いやらしいな、さわってほしいなら言え」

「そんなんじゃ……」

「もうやめてってくらい、さわってやるから」

「あっ……」

うしろから乳房を大きく鷲掴みにされ、稜牙が覆いかぶさってくるままに身体を下げて両肘をつく。圧し掛かったぶんさらに強く怒張を突きこみ、稜牙はみことの白いふくらみを熱で紅潮するほどに揉みこんでいった。

「あぁぁ……やっ……！　ダメェ……そんな、にっ……！」

上からも下からも発生する快楽に苛《さいな》まれ、官能が許容量を超える。

身体がおかしくなってしまう。怖いことのはずなのに、快感の中で満ちていく思考は、意地汚くそれを望んでいるような気がした。

「ダメ……ダメっ、おかしくなっ……ああっ、千石さ……あっ！」

「ひどく締めてくるな。イきたいか？」

「あっ……あ、はぃ……はい、あぁっ！」

膝をついた脚がガクガクと震え、座面に置かれた足には感覚がない。

突かれたところから発生する快感が昇華しきれないまま溜まり、歯痒さで身体がおかしくなりそう。

みことは必死に首を縦に振るが、稜牙は納得してくれなかった。

「イきたいって言えるか？　お願いしてみろ」

「ぁ……イ……ぁ、おねが……ああ……ダメっ……！」

全身が快楽に絡め取られているのに、また残る羞恥が邪魔をする。

言いたいのに言えない。みことが泣き声になっていることに気づいたのか、稜牙は優しく妖しい艶を含ませて囁きかけた。

「それなら、俺の名前を呼んでお願いしてみろ。……おまえに名前で呼ばれてみたい」

「名前……あ……ぁあっ……」

「稜牙、だ。りょうが。……覚えているか？」

覚えている。とても印象的な名前で、稜牙、という漢字を知ったときは、牙、という字が彼にぴったりだとも思った。

なんでもないときに、ただ「名前を呼べ」と言われたなら呼べなかったかもしれない。しかし、今のみことによけいなことを考えている余裕はないのだ。

「が……さん……、りょう……、稜牙さ……お願いしま……あぁっ！」

「もう一回。ちゃんと」

「りょ……稜牙さんっ……お願い……！　もう、ダメっ……」

「最っ高に滾るな、みことっ」

嬉々《きき》とした声をあげ、稜牙が腰を振りたくる。擦り上げられる淫路が彼と一緒に歓喜し、快感を弾けさせた。

「あぁぁ……、やっ……ダメェ、稜牙さぁっ――！」

ビクンビクンと大きく腰が震え、隘路が収縮する。頭がぼやっとしかかったとき、感覚のなくなった脚を取られ、くるっと簡単にあお向けにひっくり返された。

「まだバテるなよ？」

乱れた髪を掻き上げてニヤリと嗤う彼。

……なんて綺麗で……猛々《たけだけ》しく、いやらしいんだろう……。

ゾクゾクっと全身が甘電し、またもや淫路が彼を欲しがって蠕動《ぜんどう》する。

「そんなに切ない顔をしなくても、欲しいだけシてやる」

みことの両脚をそろえて持ち上げ、稜牙の火杭が抜き挿しされる。達したばかりの蜜窟が、またその熱に煽られて騒ぎだした。

「あっ……や、そんな、すぐ……ああっ！」

突き上げられて浮き沈みする腰を押さえようと太腿に手をやるが、ただ彼に押しつけているだけのようにも感じる。

そろえたつま先を稜牙に舐めしゃぶられ、あまりの快感に驚きと恥ずかしさで上半身が悶え動いた。

「あぁぁ！　ダメ……ダメェ、そんな、こと……しちゃ、稜牙さ……あぁんっ！」

「みことは身体中美味いな。最高だ」

「稜牙……さっ……ダメ、また……ぁあっ！」

「いいからイけ。何度イってもいい」

力強い擦り上げに、みことの官能が悦声をあげる。つま先から舌を這わされ、狂暴な器官で最奥をえぐられて胎内のマグマが爆発した。

「あぁ……りょうがさぁ……ダメェっ――――！」

「みことっ……」

みことに続いて苦しげに彼女を呼んだ稜牙が、強く己を叩きつけてくる。わずかに身震いしたあと、――息を切らして身体を倒し、みことにくちづけた。

「……みこと」

今までの激しさはなんだったのだろうと思うくらいに、優しい声。

互いの唇のあわいで流れる吐息は、熱さを絡め合い、求めあった。

「りょうが……さん……」

「みこと……」

ままならない呼吸のまま、貪るようにキスを続ける。稜牙の腰がもぞもぞと揺れ、もしかしてまた動きだすのではと感じた瞬間、まだその質量を充分に保った怒張がずるりっと抜け出した。

「ひぁっ！」

その刺激に思わず声が出る。確かに稜牙も達したはずなのに。男性の快楽器官というものは、達してもまだその内容を保っているものなのだろうか。

「すまん……。抜かないと、動いてしまいそうだった」

「……別に、いいのに……」

絶頂の余韻に任せて、少し大胆なことを口走ってしまった気がする。

乱れたみことの髪を撫で、稜牙が微笑む。

「新しいゴムに替えないと、まずいだろう?」

「あ……」

理由を聞けば、自分のほうが考えなしなことを言ってしまったことに気づく。しかし彼の心遣いに胸がきゅんっとして、息が止まってしまいそう。

「……稜牙さんって……、意外と真面目にそういうことを考えてくれるんですね……」

意外、はよけいかもしれない。

それでも外見だけの彼のイメージからすれば、相手のことなど考えず自分の欲望のままに突っ走りそうなので、そのギャップが心にくすぐったい。

みことの前髪を上げ、稜牙がひたいにくちづける。

「みことは……大切にしたい……」

――本当に、心臓が停まってしまいそうだと思う……。

稜牙の熱にあてられて、身体が動かない。瞳は彼の姿しか見ようとしない。このまま抱きついて離れたくないと感じた。

(わたし……どうしたんだろう……)

男性にこんな感情を持つのは、初めてだ。

身体を離した稜牙が、ただ巻きついているだけのスカートを脱がせ、みことを姫抱きにして立ち上がる。

「ベッドに行こう、みこと。もっと気持ちよくしてやる」

「……終わりじゃ、ないんですか……？」

「全然足りない」

「どのくらいで……足りるんですか……」

「みことがヨすぎて、自分でもわからない」

その言葉に照れを感じながらも、嬉しく思っている自分がいる。

抱き上げてくれている稜牙の胸に身体を預け、彼の汗ばんだ肌の感触を、とんでもなく愛《いと》しく感じた。

（わたし……）

高鳴る鼓動が心地いい。

稜牙の肌を感じ、「みこと」と優しい声で自分の名前を呼んでくれる彼の声が、いつまでも頭で回って脳を蕩かす。

（わたし、この人のこと……）

視線を上げると、すぐに気づいて稜牙も眼差しをくれる。

鋭く冷たいはずの双眸がみことにだけ優しく感じて、愛しさが止まらない。

——稜牙に、恋心までも導かれてしまった……。

それを自覚する。
ふわっと心が甘く沸き立つが、直後すぐに哀《かな》しさに覆われた。
自分がかかえる問題が大きすぎて、彼に感じる恋心を素直に取りこめない。
「……稜牙さん……」
小声で呟いて、稜牙の胸に顔を寄せる。
彼は黙って、頭を撫でてくれた。

第四章　終わる絆《きずな》と幸せを紡ぐ未来

稜牙への気持ちを自覚してしまった日から、みことは彼が住むホテルで生活するようになっていた。

そばを離れたくない、というみことの我《わ》が儘《まま》ではなく、やむをえない事情がある。

最初は稜牙に抱かれて朝まですごしてしまい、仕方がないのでホテルから出社した。

着替え一式など、いつ連絡したのか新原がしっかりと用意してくれていたのには驚いたが、平日ということもあり同じ服や下着を使うわけにはいかなかったのでありがたく利用させてもらったのだ。

それから毎日、終業時間近くになると稜牙が迎えに来ている。食事をしたあと、そのまま彼が住むホテルへ行き……。

抱かれると当然のように朝まで放してもらえない。

一度、食事のあと帰ろうとしたのだが……。

意識が飛ぶほど抱き潰され、彼のもとを離れることは許されなかった。

――そんな生活が続いて、二週間……。

「最近、びっくりするのはやっぱりみことチャンかな」

「あー、わかる。なんか変わったな。なんだろ、丸くなった？　太ったとかじゃなくて、性格が」

「丸くなったし……うん、あとエロくなった」

「あー、それ思った。男だよな、あれ」

「うん、絶対にオトコ」

……だから、そういう話を、誰が聞いているのかわからない社食でしないでください……。

みことは振り向いて注意したい。

しかも、こんな褒めているのかからかっているのかイマイチわからない話をしているのは、以前にも社食でみことがうしろにいることに気づかず、領収書から胸の話までいろいろと聞かせてくれた営業課の二人だ。

あのときと同じ席で同じ状況。少しは考えて会話をしてほしいと思いつつ、みことは日替わり定食の照り焼きチキンを頬張《ほおば》る。

以前と違うことといえば、今日は結里香が欠勤しているので、いきなり呼びかけられて二人がみことに気づくというハプニングが起こらないだろうことだ。

お昼どきの社食はいつもどおりに騒がしい。急いで食べる者、数人でかたまっておしゃべりをしながら食べている者、スマホ片手に一人で食事を進める者、さまざまである。

みことだって、他の社員から見れば資料片手に黙々と食事をしている層に分類されているに違いない。

「クリスマスも近いし、クリスマス用の男なんじゃね？　あー、でも、みことチャンってそういうタイプじゃないと思ってたんだけどな」

……そんなんじゃないです。

話の内容が下世話だ。やはり振り向いて本人が聞いていることを気づかせたほうがいいかもしれない。

声をかけなくても、ちょっと背中を叩けば。それか咳払《せきばら》いでもして……。

「でもさ、ちょっとそう考えるとショックでさ。みことチャン、オレに気があるんじゃないかって思ってたのに」

「あー？　どこからそういう発想になんの？」

それはみことも聞きたい。軽く咳払いをしようかと口元へ持っていきかけた手を止め、背後の話に耳をかたむける。

「だってほら、みことチャン、領収書の件でわざわざ営業まで謝りにきてくれただろう」

「あー、十日くらい前な」

「絶対にわかってもらえないだろうなって諦めてた理由をちゃんと調べてさ。あれって、オレのためだろうし、本当に手土産だったんですね、ごめんなさい、って謝ってくれたときのみことチャン、すっげぇっ……かわいかった」

「あー……おまえ……思いこみ激しいから……」

「でも間違いないと思うって。絶対にオレに惚れてるって思ったのに。どこの誰だかわかんない男にいい顔してたなんてさ、ショックしかない」

「アハハー、たまにいるわー、おまえみたいに自意識過剰な男」

「なんだよそれ。思わせぶりな態度をとって男に媚《こび》を売るタイプだったってわかったのがショックだって話だろ」

「おまえアレだな、エレベーターで〝開〟ボタンを押してもらっただけで『オレに気がある』って思うほうだな」

「それ普通じゃん」

——普通じゃないですよ……。

みことは咳払い計画を中止する。勘違いや思いこみは誰にでもある。言ってわかってもらえるのなら、自分の印象が悪くなろうと言ったほうがいい。

けれど言っても頑《かたく》なに受け入れず、自分の思いこみをつきとおそうとする人間もいる。それが間違いであろうと、周囲を巻きこんで正しいことにしようとする。

自分の考えが正しいのだと……。相手を傷つけ、ありえない罪を着せて……。

みことはグッと手を握りしめる。考えていたら思いだしたくないことまで頭をよぎって、胸がいっぱいになって食欲もなくなった。

よけいなことをしなくてよかった。ここはそっと立ち去るべきだ。

残して申し訳ないと思いつつ、照り焼き定食のトレイに手をかけながら静かに立ち上がりかける。……ふと、横に誰かが立った気配がして、何気に顔を向けた。

……ひとことで言うなら、派手な女性が立っていた。

見た瞬間美人だと感じさせる顔つき。クリスマスコフレのポスターと並んでいたら、モデルだろうかと思ってしまいそうなくらいメイクに張りがある。

柔らかそうなアメリカンスリーブにファーのスヌードを合わせるという、温かいのか寒いのかわからないスタイル。

二十代後半くらいだろう。間違いなく社員ではない。会社は私服であっても、この服装ははるかに違う。

目つきがきついのはメイクのせいだろうか。……それとも、みことを睨みつけているから、きついと感じるのだろうか。

「一色みこと？」

声に棘《とげ》がある。おまけに呼び捨てだ。

その呼びかけにみことよりも早く反応したのは、背後の席の二人である。

「えっ⁉」

「やべっ、いたっ」

またもや悪戯《いたずら》を見つかった子どものような反応をし、進んでみことの話をしていた彼が「いや、あの……」と言い訳に走ろうとしたが、それに気を配っている余裕はなかった。

「はい、そうですけど」

女性の問いに答えた瞬間、パンッと肌が弾ける鋭い音、……そして、左頬に痛みが走ったのだ。

この女性にぶたれたのだという現実が、一瞬理解できなかった……。

どうして、知らない人間に頬を叩かれなくてはならないのか……。

ザワッと周囲の空気が騒ぎ、みことの思考が戻ってくる。女性が現れたときはそれほどでもなかったが、ハプニングが起こったとあれば注目されて当然だ。

「え……なに？」

「なにやってんの、あそこ……」

不審げな囁き声が聞こえてくるが、なんなのと聞きたいのはみことのほうだ。叩かれる意味がわからない。

「……つまんない女」

おまけに、なぜこんな暴言を吐かれているのだろう。

チッと舌を鳴らす女性に下品なものを感じ、みことは困惑するより眉をひそめてしまう。その表情が気に喰わなかったのかもしれない。女性はさらに目を三角にした。

「人の結婚相手に手を出しておいて、とぼけた顔してるんじゃないよ」

「結婚……」

またもやザワッとギャラリーの空気が揺らぐ。おかしな気配はどんどん広がり、なにが起こっているのか関心がなかった社員まで顔を向けはじめる。

「なに？　三角関係？」

「で？　あれ、誰？」

「両方うちの社員……じゃ、ないよね？」

いったいどうしてこんな事態になっているのか、みこと自身がわからない。だが、見世物になってしまっているのはいただけない。

みことを誰かと間違っているのかもしれない。話すにしても、ひとまず社食を出たほうがいいだろう。

「すみませんけれど、よくわからないので……」

「お姉ちゃん、やめてっ……」

割りこんできた声を聞いて、みことは言葉を止め目を見開く。弱々しい声で女性を止めようと入ってきたのは……結里香だったのである。

「やめて……みことちゃん……悪くない」

結里香の声が震えているのは、決して全力疾走のあとさながら息を切らしているからだけではないだろう。

彼女は泣き声だ。大きな瞳を涙でいっぱいにしている。

（お姉ちゃんって……じゃぁ。この人……）

この派手な女性が、噂に聞く結里香の姉、金城由里子《かねしろゆりこ》らしい。

結里香が苦手としている、狡猾《こうかつ》な姉。そう知ると、ついつい外見に納得してしまう。

泣き顔の妹を見下《みくだ》し、由里子はフンッと鼻で笑う。

「類友。ムカつく女の友だちは同じくらい癇に障ってムカつく。ほんと、ドンくさくてメンドくさっ」

言いたいことを言い捨て、由里子は汚物でも見るような目をみことに向ける。

「縛られるのはいやな人だろうから愛人を作るなとは言わないけど、それがこんな女レベルっていうのが気に入らない。さっさと別れなさいよ？　わかった？」

「なにを言って……」

「ちょっと気に入られたからって、いい気になるんじゃないよ！　オモチャにされてるだけの分際で！　あんたみたいな貧乏人、あの人が本気で相手にしているとでも思ってんの⁉　馬鹿じゃない⁉」

「お姉ちゃん、やめっ……」

「うるさいんだよ、黙ってな！」

必死に止めに入ろうとした結里香を、当然のように威圧し抑えつける。

さすがに口が過ぎる。みことはこんな女扱いされようと貧乏人扱いされようと我慢できるが、一方的な物言いといい、なにより結里香に対する態度が傲慢《ごうまん》すぎる。

みことは言い返そうとする。しかし結里香が腕を掴み、今にも泣き出しそうな顔で首を振ったのだ。

みことがこの姉に喰いつけば、あとあと結里香がなにを言われるかわからない。グッと言葉を呑みこむと、由里子は腕を組んで斜め上からみことを見下した。

「お手当はいくらもらってるの？　それとも一回シていくら、って感じ？　……どうせお金目当てのくせに」

みことがなにも言わないので、返す言葉が見つからないと判断した由里子は、フンッと大きく鼻を鳴らして歩き去った。

「みことちゃ……ごめ……ごめんね……」

由里子がいなくなると、結里香が泣きながら謝りはじめる。我慢していたのだろう、大粒の涙がボロボロとこぼれた。

「ごめん……ごめんなさい……」

「いいよ、結里香が悪いんじゃないから」

結里香を気遣いつつ周囲に視線を流す。社食内は三度《みたび》ざわついているものの、かかわらないほうがいいと思うのか、見てみぬふりを決めこむ者、興味本位で遠巻きに眺めている者、心配そうにしているが声をかけられない者などさまざまだ。

「ごめんなさい……」

結里香はひたすら謝っている。欠勤しているはずの彼女が、なぜ姉とともにここまで来たのだろう。みことは片手でトレイを持ち、結里香がしがみつく腕の手でなんとか資料とクラッチバックを持って彼女をうながした。

「とにかく出よう？　ね？」

トレイを下げるのに人の中を歩くのも気まずかったが、ヘンに意識してはいけない。……それを抜いても、この量を両手で維持するのはつらい……。と、感じたとき、ひょいっとトレイを取り上げられた。

「えっ……ぁ」

驚いて顔を向ける。みことが持っていたトレイを引き受けて微笑んでいたのは副社長だ。叫び声までは出なかったが、大きく息を呑んでしまった。

「下げておきましょう。早く、そちらのお嬢さんを連れて出なさい」

「副社長……」

突然の副社長の出現に社食内が静まりかえる。みことはスッと胆が冷えていくのを感じた。

偶然通りかかって騒ぎに気づいた、というところだろうか。

みこと自身なぜ絡まれたのか理解できていないが、副社長から見れば社員が騒ぎを起こしているとしか見えないだろう。

「そんな心配そうな顔をしなくても、理由も知らず責めたりはしません。貴女《あなた》の噂は知っていますし、私の大切なお客様を上手に接待してくれた優秀な社員だ。――そうですよね？」

副社長が同意を求めたのは、傍観《ぼうかん》していた噂好きの営業二人にだ。

まさか話しかけられるとは思っていなかったのだろう。二人ともピシっと背筋を伸ばし、「はいっ」と元気な返事をする。おまけに副社長が持っていたトレイを引き受け「僕たちが下げてきます」と張り切ってカウンターへ歩いていった。

副社長の心遣いに感謝しつつ、こんな重役が庇ってくれるのも稜牙と知り合いであるゆえなのだと、稜牙にも感謝する。

騒ぎになった経緯を説明したいところだが、今は結里香をここから出すのが先だ。

「ありがとうございます。副社長」

みことは頭を下げ、まだ泣きじゃくる結里香を連れて社食を出た。

欠勤扱いになっている結里香をオフィスへ連れていくわけにもいかず、休憩スペースかパウダールームにでも行こうかと迷っていると、反対に結里香に腕を引かれた。

「結里香？」

本人が行きたいままに任せる。彼女はなぜか非常階段のドアを開けた。

ドアの中は二重扉になっていて、外へ出る前に小さな玄関ほどのスペースが設けられている。

そのまま外へ出るのかと思ったが、結里香はみことから手を離し、こちらを向いてペタッと床に座ってしまった。

「どうしたの？　疲れたの？」

息を切らして走ってきたようだし、由里子を止めようとかなり神経を使っていた。おまけに

ボロボロ泣いてしまっている。彼女としては力尽きたというところなのだろう。

「そんなに泣かないで。もうお姉さんはいないし、大丈夫だよ、ほら」

みこともその場にしゃがみ、小さなクラッチバッグからハンカチを取り出して渡そうとする。

そのハンカチを受け取る間もなく、結里香は倒れるように頭を下げた。

「みことちゃん……、ごめんなさい……」

「どうしたの、そんなに泣かないで」

彼女の肩に手をかけ、ふと気づく。ふわふわの髪が広がって見えにくかったが、結里香は両

手を床について深く頭を下げている。……まるで、土下座だ。

「ごめんなさい……本当に、ごめんなさい……」

謝罪を繰り返す様子は、罪悪感で押し潰されそうになっているようにも見える。姉の暴言が

原因なのだとしても、少々おかしなものを感じた。

「ごめんなさい……みことちゃんに……、お見合いの付き添いなんて、たのんだから……」

みことが姉に責められたのは、お見合いの付き添いを頼んだからだ。結里香はそう思っているのかもしれない。

しかしそのおかげで、みことは稜牙と親密な関係になっている。それは結里香もわかっているはずだ。

それをいいことだと彼女も思っているはずなのだから、こんなに嘆く必要はない。

「もういいよ。そんな、過ぎたことで……」

「知らなかったの……。お見合いが……婚前交渉前提……なんて！」

結里香が泣き顔を上げ、みことは息を呑む。

彼女には知られたくないことだった。姉が話したのだろうか。

「みことちゃんが……あたしと間違えられて……。強制的に約束を守らされたんだって聞いて
……、あたし……もぅ……」

「強制的って……」

確かに最初は強制的に近かった。それでもみことは途中で覚悟を決めたし、稜牙もひどいことはしなかった。

ハジメテのみことを、大事に抱いてくれた……。

きっかけはどうあれ悪い結果にはならなかったのだから、結里香が泣く必要はない。

「あたし……あたしが、断りに行ってくれなんて頼んだから……そんなことに……。びっくりしたよね、みことちゃん、びっくりしたよね、ごめんね、ごめんね……！」

「そんなに謝らなくていいよ」

毎日稜牙に抱き潰されている生活にはなっているが、結里香が泣くような悲惨《ひさん》な扱いは受けていない。

むしろ稜牙は、みことが誤解をしてしまいそうなくらい優しいのだ。

「結里香、その話、誰に聞いたの？　お姉さん？」

「……吉彦さん」

「新原さん？　千石さんのお世話役の？」

予想外すぎる名前が出てきた。みことは確認をとるように問いかける。結里香はコクっとうなずき、しゃくりあげながら顔を伏せた。

「お姉ちゃんが……千石さんのことを調べたらしくて……。自分にきた話で自分が行ってないのに白紙になるのはおかしい、って……騒ぎだして……」

それはまた勝手な話だ。

婚前交渉の条件を隠して妹に押しつけたのに。実はちょっとやそっとではお目にかかれないような若いイケメン不動産王とのお見合いだったのだと知り、ごねずにはいられなくなったのだろう。

「困ったおじいちゃんが千石さんに連絡をとったら、吉彦さんが説明に入ってくれて……」

稜牙が説明をしたわけではないようだ。面倒だからおまえが行ってこいと言う前に、新原がさっさと動いたパターンだろう。

「そこで……全部聞いたの……。婚前交渉の約束があったこと……。みことちゃんは、きっとあたしが知ったらびっくりして気にするだろうと思って言わなかったんだなって……、そう思ったら申し訳なくて……。あたしのせいで、どんなに困っただろうって……」

「結里香……」

「人違いではあったけれど、千石さんは……みことちゃんをすごく気に入ってるって……。毎日会社まで迎えに行って、一日中そばに置いておくくらいだって。素直でかわいいから、みことちゃんのためならなんでもしてやりたいくらいだって……」

これは新原が説明した言葉なのだとは思うが、聞いていて照れてしまう。

彼は稜牙の言葉を代弁する役割を担っている。それなら、これは稜牙の本心なのだと思っていいのだろうか。

「でも、そこまで聞いたら、お姉ちゃん……、すごく怒っちゃって。行きたくなくて行かなかったわけじゃない、とか、事情があって行けなかったのに、そんな自分を差し置いて勝手に白紙にして、そんな女をペットにしているのは納得がいかないって……。もう一度お見合いの席を設けてくれって。もちろん……婚前交渉込みの……」

由里子は悔しくて堪らないのだろう。先入観だけでいやがらず行っていれば……。そう思えば、この縁にしがみついていたいのだ。

「お見合い……するって言っていた？」

話の内容に反応したせいか、結里香の肩が震える。そのあとゆっくりと顔を上げた。

大きな目にはまだ涙が溜まっている。みことは持っていたハンカチをあててあげた。

「……みことちゃぁん……」

しょうがないなぁと言いたげに苦笑いをするみことを見て、結里香はまたしてもボロボロと涙をこぼした。

「ほら、泣いててもいいから、教えて？」

「うん……、おじいちゃんの顔はもう使えないから、……それなら千石さんのご両親に話を通してくれって……」

「新原さんが？　そう言ったの？」

「うん……、御両親の頼みなら、千石さんも断れないからお見合いに応じてくれるはずだって。……千石さんと結婚したいんだって、ご両親に取り入って、お見合いを進めてもらえばいいって……」

納得できないものがみことの胸に溜まっていく。

稜牙は両親と確執があるはずだ。本人どころか、両親も稜牙には関わりたくないと思っているのだと教えてもらった。

それなのに、両親に取り入ってお見合いを進めてもらえとは。新原は、いったいなにを考えているのだろう。

逆に、両親に取り入って頼んだって、稜牙が受けるはずがない。それだからわざとけしかけたのかもしれない。

それなら、稜牙がお見合いをする可能性はない……。心の奥底でホッとしながら、みことは結里香に優しく声をかける。

「あんまり泣いたら、目が腫《は》れちゃうよ？　腫れても結里香はかわいいけど」

「みことちゃ……」

「もう謝らないで。わたしは、自分が納得して今の位置にいる。怒ってないよ？　かえって、ちゃんと話していなくてごめんね。……婚前交渉とか、話を聞いてびっくりしたよね。泣くほど悩ませてごめんね。でも、千石さんはひどい人じゃないよ。あの新原さんが慕っている人だもの。わかるでしょう？」

新原を盾にしたのはズルいかもしれない。しかし、こうでも言わなければ結里香の心が落ち着かないような気がしたのだ。

納得してくれたのか、結里香はうんうんとうなずき、みことの両腕を掴んで顔を伏せた。

「……あたし、みことちゃんとお友だちでよかった……。あたし、ちっちゃいころからのんびりした性格だったから、お姉ちゃんに『おまえみたいなドンくさい奴、お金の繋がりがなかったら誰も相手にしない』って言われてて……。なんでもお金で解決しなくちゃ不安で仕方がなくなっていたけど……、そんなものがなくても、みことちゃんと一緒だと、すごく安心できて落ち着くの……」

「結里香……」

「なんかね……お金とかじゃなくて……、ドンくさくてのんびりしたあたしのままでも……お友だちでいてもらえるんだ、って……」

「……ドンくさい人は、出会って数秒でインスピレーション感じて恋人を作ったりはできないと思うよ？」

結里香が目を大きくしてみことを見る。みことがニコリと笑顔を見せると、やっと涙が止まった顔をくしゃぁっとゆがませて抱きついてきた。

「みことちゃん……大好きぃ……」

結里香がなんでもお金で対応しようとする理由が、わかった気がする。

幼いころから姉に圧をかけられすぎて、自分の立場を守るためにお金を使うことが普通になってしまったからだ。

彼女は目立ちすぎる姉の陰で、自分を保つのに必死だっただけ……。

「みことちゃんが……お姉ちゃんだったらよかったのに……」

涙を流してはいても、結里香が安心して泣いているような気がして、みことは嬉しかった。

社食での騒ぎを知っている課員もいたとは思うが、午後からの仕事も特に問題なく終えることができた。

これはおそらく、副社長のおかげもあるのではないかと思う。

あの場にうまく現れてみことを擁護《ようご》してくれていなければ、きっと社食での出来事が面白おかしく一人歩きをしていたのではないかと思うのだ。

みことが稜牙の接待係だからこそ、副社長は気を配ってくれたのだろう。

接待係……。というよりは、男女の関係であることを察している。

親密な男女の仲。それは、恋人と呼べるものではないのかもしれない。

みこと自身、稜牙がなぜ自分を抱き続けるのかわからなくなることが何度もある。

――おまえでいい……。

そう言われたときは、しばらく抱いて楽しむならみことでいいという意味なのかとも思った。

それなら気持ちなどいらない。しかし……。

稜牙は、誤解してしまいそうなほど……みことに優しい。

もしかしたら……と、考えてはいけない思考にとらわれそうになるほど……。

「一色さん、ロビーに面会だって」

そんな声がかかったのは、終業時間を五分ほど過ぎ、今まさに帰り支度を始めたときだった。

稜牙だろうかとも思ったが、彼はいつも会社の前で待っている。

黒い大きな車はみんな同じに見えると言ったところ、最初のうちは車の前に立って待っていた。しかしあの容姿だ。目立って目立って仕方がない。

これはいけないと悟ったみことは、稜牙の車の形を記憶しナンバーを覚え、いつもここに停まっているのは稜牙の車なんだと頭に刻みつけることで、唯一、彼の車だけは判別できるようになった。

それからは車の中で待っていてくれる。社内へ入ってくることはないはずだ。

「誰だろう。名前言ってる？」

一階の受付から回ってきた内線電話をとっていた同僚に顔を向けると、彼女は当然のように口にした。

「ご家族？　お父さんじゃない？　一色さんっていう男性らしいよ？」

――息が止まった。

身体が固まり、一瞬思考が真っ白になる。

……けれど、おかしな反応を見せてはいけないと自分を諭す理性が口元だけをゆがませ、表情に変化をつける。

「……そう……、じゃぁ、すぐ行ってみるね……」

震えそうな手をごまかすために、素早く片づけを済ませてオフィスを出る。歩きながらコートを羽織り、何度も深呼吸を繰り返した。

父親が、わざわざ自分に会いにくるはずがない。とはいえ、親戚も同様だろう。

あのこと……があってから、みことは縁を切られたも同然なのだ。

一階に下り、エントランスの片隅にあるロビーへ向かう。長椅子に一人座っている中年の男性が目に入り、止まりそうになる足を気力だけで進めた。

誰かが近づいてくる気配に気づいた中年男性、――みことの父親が顔を上げる。

娘の姿を見てあからさまにいやそうに表情をゆがめるが、長く息を吐きながら立ち上がった。

なんて声をかけたらいいだろう。お父さん、そう呼ばれるのは父だっていやだろう。

……みことだって……呼びたくはない。

「お久しぶり……」

「持ってきた」

無難な挨拶をしようとしたみことに、父はぶっきらぼうに白い封筒を突きつける。なにを出されたのかわからず手を出さないでいると、父はイラついた様子で封筒を上下に振った。

「金は払ったんだから、もうこの一件とは無関係、さらに、今後一切おまえとはかかわらないって念書だ。社長の息子さんのサインも入ってる」

「念書って……」

「あんなガラの悪い連中をよこしておいて、とぼけるな」

封筒をみことに押しつけ、父は発散場所を見つけられない憤《いきどお》りを治めるために落ち着きなく身体をゆする。

スーツにブリーフケースを持つ姿はどこにでもいるサラリーマン風だが、ずいぶんとくたびれているようにも見えた。

この時間にここへ来たということは、仕事の途中で寄ったのかもしれない。

相変わらずきついノルマの中で、社長一家にへつらって言いなりのまま仕事をしているのだろうか。

父と最後に会ってから四年がたっている。それなのに、十も二十も歳を重ねたように見えた。

二十歳のとき、もう二度と、この人に会うことはないと思っていた。

――結婚詐欺だと言いがかりをつけられた娘をひと言も庇わず、殴りつけたうえに頭を押さえつけ床に這いつくばらせ、社長の息子に謝罪させた人だ……。

「あいつら……なんなんだ……。弁護士と、あとおまえの代理人だとかいう男。ヤクザかなんかか。おまえ、あんな連中とつきあいがあるのか」

みことから顔をそらしたまま、父は忌々しげに言い捨てる。押しつけられた封筒を開き、みことは息を詰めた。

それは、示談金を支払ったので二度とみことには関わらないという念書だ。

一色家を代表とした父のサインと、みことに言いがかりをつけ示談金という名目で借金を負わせた、父が勤める会社の社長子息のサインが入っている。

「会社まできて、それも現金で置いていったんだ。弁護士が三人もいて、おまけに目つきの悪い男は今にも刺し殺してきそうな顔をしているし。サインしないわけにはいかなかった。……おまえに届けろと言われて……届けにこないわけにはいかなかった……」

そのときの恐怖を思いだしているのか、父は早口で吐き捨てていく。

話を聞きながら、みことはこれが稜牙の仕業であることを確信していた。

なにより、こんなことができるのは彼しかいない。

（稜牙さんが……知ってる……）

どうして知ったのかは見当がつく。稜牙が命じたのか、それとも新原が自主的に行ったのかわからないが、みことの身辺調査をしたのだろう。

稜牙ほどの人となれば、たとえ遊びで抱いている女でも素性を把握しておかなくてはいけないのかもしれない。

──千石さんは……みことちゃんをすごく気に入ってるって……。

それだけ聞けば、とても嬉しい。稜牙がみことを気に入ってそばに置いているなんて、みことにとっては心が躍る話だ。けれど……。

――みことちゃんのためならなんでもしてやりたいくらいだって……。

それだから、黙って示談金の問題を解決してくれようとしたのだろうか……。

「おまえみたいなロクでもない女には相応なんだろうな。こっちとはもう関係ないんだから、あんな奴ら寄こすなよ？　おかしなことに巻きこまれるのは、もうごめんだからな」

時間的に、エントランスには人の往来が多い。目立ちたくないのはもちろんだろうが、みことと関わり合いのある人間だと思われたくないと言いたげに、父は目をそらしたまま小声で悪態をつく。

この人は、昔からこういう人だった。

幼いころから、優しい言葉ひとつかけてもらえた記憶がない。それどころか、自分の気分で怒鳴り、手を上げる人だった。

子どもが嫌いなのかと思えば、そういうわけでもなく、五歳年下の妹は普通にかわいがる。

父がみことにだけ冷たくあたることで、母はみことを責めた。

みことがしっかりしていないから。長女だから厳しくしてるだけ。

いかにも躾《しつけ》であるように言いくるめようとするが、母もとばっちりをくうのがいやで父を庇っているだけ。

そして父も、躾などではなく自分の感情、本能的にみことが嫌いなのだと、子ども心に察していた。

父は、みことの父親であるという事実を疎《うと》ましく思っている人だったのだ。

「あんな連中とつきあいのある人間が身内にいるなんて、それだけでどんなに迷惑かわかってるのか。……社長にも……これ以上関わらせるなって言われていて……。ほんとにおまえは……、社長の息子さんだけじゃなく、どれだけオレにも迷惑をかければっ……。このっ、アバズレがっ」

もしもここが会社のロビーなどではなくひとけのない路地だったら、父はみことを怒鳴りつけ殴り倒していたかもしれない。そして言っただろう。オレがこんなに苦労しているのは、おまえのせいだ。……と。

小さな保険代理店の営業として働いていた父。社長親子に媚を売って言いなりになる毎日。ストレスはすべてみことに向けられた。

みことが高校生のとき、社長の息子が何度か家に来た。

自分を中心に世界は回っているんだと態度だけは大きいが、人間としての器は小さい。自分の思うようにならないからと大学を中退し、名ばかりの専務の肩書きをもらって会社に置いてもらっているような男だが、機嫌を悪くさせるわけにはいかない。

コーヒーを淹れて話を聞いて気遣って、いつもみことが相手をしたのだが……。

それが誤解を生んだ。

社長の息子はみことが自分に気があって夢中なんだと思いこみ、また結婚の約束をしたと信じこんでいた。

なにがそう思うきっかけだったのか。会話で覚えがあるとすれば……。

『気が利くよね。みことちゃんみたいな女の子、嫁さんにしたいな』

『わたし、高校生ですし、未成年ですから』

『じゃぁさ、大学に入ったら……いや、親の了解とか面倒だから、二十歳になったら』

『いえいえ、とんでもないです。そのころには専務さんにお嫁さんが来ていますよ』

『みことちゃん、好みなんだよね……』

……常識的には信じがたいが、そんな会話の一片だけで、結婚の約束をしたと思いこまれていた。

二十歳のときに息子に呼び出され、結婚の話をされたとき、どんなに驚いたか。

とんでもない誤解だ。こんなことで結婚の約束をしたと思われるなんて、恐怖さえ感じる。

もちろん、そんなつもりはないと伝えたのだが……。

直後、みことは激高した社長親子に、結婚詐欺で訴えると宣言されたのだ。

怒り狂い、みことを殴りつけて、ひたいから血が出るほど頭を床に押しつけ土下座をさせた父。おまえみたいな娘、生むんじゃなかったと泣き叫ぶ母。

怒りたかったのはみことのほうだし、泣きたかったのもみことのほう。

いっそそうしてやろうかとも思ったが……。

みことを許してやる代わりに、妹とつきあわせろと非人道的な要求を出され、血の気が引いた。

妹はまだ中学三年生だ。実家から出たくて、留学を前提とした全寮制の高校に推薦入学が決まっている。

妹の年齢をわかっているのか。耳を疑った。

とんでもない話だ。冗談でも口にしていいことじゃない。しかし、妹をかわいがっていた両親は、これを了解すれば妹が家から出ていけなくなると踏み……なんたることか条件を呑もうとしたのだ。

そんなことをさせてたまるものか。この劣悪な家庭環境のなかで、妹は唯一、みことに懐いて笑顔をくれていた子だ。

みことと同じく、早くから家を出たがっていた。留学を約束された全寮制の高校に進むため、何度もみことに相談をし、勉強も頑張っていた。姉妹が仲よくするのをいやがる両親に隠れて、よく二人で遊びにも行った。

自分を頼ってくれるかわいい妹。ここで、こんな人間たちのためにつまずかせるわけにはいかない。

みことは自分の言い違いから息子の気持ちを傷つけてしまったことを謝罪し、すべての責任は自分にあると認めたうえで、示談金を支払う約束をさせられた。

当時、二十歳のみことに、支払い能力はほぼない。実家から離れるために奨学金で大学へ行き、生活支援を受けて、バイトの毎日。だからといって両親に払ってくれなど口が裂けても言えないし、言うつもりもない。

学生のうちは少額ずつ。就職したら、ある程度まとまった額を支払うことで話はついた。

「おまえがヤクザの愛人になろうが風俗で働いていようがどうでもいい。もうオレたちに関わるな。おまえの親だなんて思われたくもない。もうごめんだ」

「……もともと、……子どもだとも思っていないでしょう……」

言いたいことを言っているときにみことが口を出したせいか、父は目を三角にしてみことを睨みつける。幼いころはこの目におびえたこともあったが、今は、まったく怖いともなんとも思わない。

自分の鬱憤を土台に虚勢しか張れない、かわいそうな目だ。

「……親子の縁を切るなら……それでいいです。わたしは、そのほうがいい……」

「おまえっ……生意気な口をっ……」

「それはいい考えだ」

突如割りこんできた声。下がっていたみことの視線が一気に上がる。

いつの間に入ってきていたのか、父の背後には稜牙が立っている。鋭い双眸を細め、醜悪《しゅうあく》な感情をさらしかけた父の頭をうしろから片手で鷲掴みにしていた。

「絶縁か。それは素晴らしい。さすが、みことは頭がいいな。すぐにでも、俺の顧問弁護士たちに手続きをさせよう」

掴まれた頭が痛いらしく、父は目を白黒させ顔をゆがませながら口をパクパクさせている。振り返ろうとしているようだが、頭部がまったく動かないようだ。

両手は動くのだから、放せと稜牙の手を掴むか叩くかできるだろう。

しかし、たとえ指一本だろうと動かして抵抗することを許さない雰囲気が満ち満ちていて、この空間を威圧している。

「ところで、ずいぶんとみことを侮蔑してくれたようだ。その汚い顔、二度とみことの前に見せるな。今すぐ消えろ。それとも、見せられなくなるように、このまま壁に叩きつけて潰してやってもいいが？　どうする」

答えの選択はひとつしかない。稜牙が手を離した瞬間、父は脱兎《だつと》のごとく逃げ出したのだ。

「……稜牙さん……。どうしてここに……」

必死に逃げていった父を見て、フンッと鼻を鳴らす稜牙に声をかける。彼はみことに向き直り、肩を抱いて歩きだした。

「あの男が会社に入っていくのを見つけて、なんの用で来たのかは見当がついたが心配で見にきた。……まぁ、予想していたとおりの悪態をついてくれたな」

エントランスを歩く社員たちがこちらを見ていく。いきなり現れた迫力あるイケメンを眺め、みことを知る者は驚いたように目をぱちくりとさせた。

「……稜牙さん……。あの……、示談金のこと……」

「厄介なものがみことにまとわりついているのは目障りだ。だいたい、なにが結婚詐欺だ。バカ息子の妄想に振り回されて騒ぎ立てる親も親だが、金額の決めかたも勝手すぎる。結婚すると思って他の女性と交際せず性的な関係も断っていたことに対する心身的苦痛に対する慰謝料、とか。交際せず、ではなく、相手にする女もいないから交際できず、だし、そうすればもちろん性的関係を持てるはずもない。しかし金を出して風俗には通っていたわけだから、どこが心身的苦痛なんだか。わけがわからん。詐欺は向こうのほうだ。待っていろ、こちらから正式に訴える準備に入った」

「そんなことまで……。いつ調べたんですか……」

「おまえを抱いた翌日だ。みことはこんなことを自分から言わないだろうし、聞いても正確には答えないだろう。おまえに関わることはすべて知っておきたかった。両親のことも把握済みだ。……だから、引き離してやりたい……。絶縁の手続きは、本気で進めたいと思っている」

「どうして、ここまでしてくれるんですか。わたしが……稜牙さんのお気に入りだから……こんなことまでしてくれるんですか……?」

エントランスの自動ドアが開く一瞬だけ、稜牙の言葉が止まる。たったそれだけなのに、妙に長い沈黙のように思えた。

直後、まるで体内を冷水で掻き混ぜられたかのよう、内側から全身が冷えていく。

今にも雪が降り出しそうな外気のせいだろうか。それとも、なにか思惑を湛《たた》えた稜牙の眼差しのせいだろうか。

「確かに……みことは俺のお気に入りだ」

「稜牙さんに抱かれたから、素直に言うことを聞くから、わたしはお気に入りになれたんですか？」

稜牙の足が止まり、みことも一緒に立ち止まる。

「……こんなことまで……。代わりに大金を払って、おまけに訴え返すとか、絶縁の準備とか、どうして……そこまで……。わたしなんかのために……」

「みことがよけいなものに振り回されるのはいただけない。俺が手を下すのは当然だろう」

――気に入ったオモチャだからですか……。

口から出そうになった言葉を、みことはぐっと呑みこむ。

由里子がわめきたてた言葉を、すべて本気にしているわけではない。けれど、気に入ったオモチャを愛用するように、ペットをかわいがるように、みことをただかわいがる対象としているのなら……。

彼のような人物が、平凡でなんの刺激もない普通の女に構う理由が、わかる気がする。

彼はためらわない人だ。聞けばしっかりと答えてくれるだろう。しかし、その答えを彼の口からハッキリと聞くのが怖い。

稜牙は、他にはどうあれ、みことには優しくしてくれる。他には見せない微笑みを向けてくれる。

それを、誤解しそうになっている自分がいる……。

特別な感情を……、みことが稜牙に対して抱いてしまった特別な感情を……。彼も持ってくれているのではないかと……。

無駄な期待をしている自分がいる。

それを彼の言葉で打ち砕かれるのが、怖い。

稜牙が歩きだそうとしたとき、みことは肩を抱く手から逃れて彼から離れた。

「みこと？」

「……お見合いは……どうするんですか？」

「見合い？　……金城の孫娘……姉のほうの話か？　なんだかうるさいことを言っているようだから、席だけは設けてやってもいいと言ってある」

「……婚前交渉前提で？」

「みこと」

少し強い口調で名前を呼ばれ、みことは急に恥ずかしくなってきた。

なにを聞いているのだろう。

これではまるで、自分以外の女を抱かないでくれと我が儘を言っているかのよう。

オモチャ扱いの自分に、そんなことを言う権利はないのに……。

「すみません……」

下がっていくままに視線を地面に落として謝ると、稜牙はため息をつく。すごく面倒な女になっているような気がした。

「すみません……わたし、面倒なことばかり言って……。本当はお礼を言わなくちゃならないのに。お金……出していただいて、解決してもらったこと……」

「礼を言われるような金額じゃない。気にするな」

「稜牙さんにとってはそうでしょうけど……。わたしは……何十年かかるんだろうって途方に暮れていました。こんなこと他には言えないし、……だから、ありがとうございます」

「厄介事がひとつ減ったんだと思えばいい。金を使わないと解決できないこともあるんだ。金城の孫娘、おまえの友だちくらい気軽に考えろ。もっとすごいのは姉のほうらしい。私財を食いつぶす天才だ」

それなら、稜牙の両親とも気が合うのかもしれない。由里子が稜牙の両親に取り入って見合いが進んだら、……みことはどうなるのだろう。

いや、どうにもならない。

オモチャはオモチャのままだ。

「……すみません……。今日は、一緒に行けません……」

小さく数歩下がり、みことは深く頭を下げる。

「こんな気持ちで……、稜牙さんと一緒にいることも、……抱かれることも……できない」

上がりかけた頭をもう一度下げ、みことは稜牙を見ないまま小走りに足を進める。追ってくるのではと、わずかに期待する気持ちが動くものの、そんな気配もない。

みことはスピードを落とし、とぼとぼと歩きはじめた。

なんて日だろう。いろんなことが一気に起こりすぎて、心がついていかない。

由里子に言いたいことを言われて悔しかったし、結里香の本心が聞けて、もっと仲のいい友だちになれそうで嬉しかった。

父のこと、示談金のこと、本当に縁が切れるのだと思うとホッとするが、稜牙に大きな貸しを作ってしまって申し訳ない。

そして、その稜牙にとって、みことは愛《め》でるべきオモチャのようなお気に入りでしかないと気づき、……落胆している。

「なに……期待してたんだろう……」

言葉にしなくても、心のどこかで思いたがっていた。

稜牙の優しさは自分だけのもの。彼が求めて抱くのは、みことだけだと。

みこととははるかに住む世界が違う人。そんな人が、厄介事をかかえた平凡な女に本気になるはずがない。

考え事をしながら歩き、ふと立ち止まる。

「……どこに行こう」

稜牙の手を振り払って、どこへ行けばいいのだろう。

しかしすぐに、自分には帰るアパートがあったことを思いだす。稜牙が住むホテルに連れていかれるようになってから一度も帰っていない。

たいして貴重品もないいし、必要なものはすべて稜牙がそろえてくれたので困ることはなかった。

服からアクセサリー、メイク道具にいたるまで、みことが持っていた物より何十倍も高価な物をそろえて……。

『こ、こんなに……無駄遣いですよっ』

『俺がしたいようにしているんだ。おまえが口を出すな』

まるで、愛玩動物にオモチャを与えるかのよう、楽しそうだった。

ズキン……と胸が痛んだ。最初から彼は、みことを自由にかわいがれる対象という位置にしか置いていなかったのに……。

少しでも自分に気持ちをくれているのではないかと、どうして思ってしまったんだろう。

「みこと様」

名前を呼ばれて顔を向けると、車道に黒い車が停まっている。稜牙の車に似ているが、ワングレード落としてあるという、彼の移動用の車だ。

運転席から新原が現れ、後部座席のドアを開いた。

「どうぞお乗りください。希望する場所にお連れするよう、旦那様から承っております」

稜牙の連絡も早いが、新原の行動も早い。

稜牙のもとを逃げ出しておいて彼が向けた車に乗るのもなんだが、新原には聞きたいことがある。みことは素直に車に乗った。

「どちらへお送りいたしますか？　それともこのまま適当に走って、気持ちが落ち着かれましたら旦那様のもとへお帰りになりますか？　それが最善かと存じますが」

「……お気に入りだからですか……？」

言ってしまってから、新原に八つ当たりをしている気分になる。彼にこんな悪態をついても仕方がないのに。

自分の身の置き場がわからなくて、不安で不安で堪らないのだ。

新原が小さくため息をついたような気がする。彼は静かに言葉を出した。

「おそらく、みこと様が知りたいと思われていることを、ひとつお教えいたします」

「……なんですか」

「金城由里子様からお聞きになったでしょう。本日ご説明をさせていただきましたとき、ずいぶんと憤っておられた。由里子様はすぐに旦那様のご両親と面会なさったようです。よほど気が合ったのでしょうね。早々にお見合いの申し出がございました」

気が合うだろうと思ったとおりだったようだ。

しかし稜牙も両親も、お互い関わり合いにはなりたくないのではなかったか。そんな両親からの申し出を、本当に稜牙は受けたのだろうか。

「旦那様は、結婚する必要がありました」

みことは息を詰める。聞きたいような、聞きたくないような。微妙な迷いに鼓動が騒ぎ、冷や汗が浮かんだ。

「トップが未婚で跡取りも望めないままでは、グループ全体の未来が不安だ。そんな古式ゆかしいと言えそうな理由で旦那様を陥れようとしていたのが、ご両親でございます。同じ考えの役員を束ね、既婚でご子息持ちの甥御《おいご》様を後釜《あとがま》として押し出そうとした。そんな面倒事の他に、会う人間会う人間、口をそろえて結婚問題を口にする。旦那様も辟易《へきえき》しておられました。結婚しているという事実だけあればいいと、金城様からのお見合いをお受けになった。……不動産王の肩書きにつられた強欲な女がやってきたのかと思えば、……やってきたのは、とてもかわいらしく非力な野ウサギで……、旦那様は大層お気に召したご様子でした」

愛らしい表現にしてくれているところが、よけい胸に刺さる。野ウサギの喩《たと》えは、間違いなくみことのことだ。

補食された雰囲気が強い言いかた。まるで、罠にかかった小動物を手に入れたとでも言いたげな。

「今回は、お見合いのやり直しですね。明日、お会いになる予定です」

「ひとつ……お聞きしてもいいですか」

混乱しつつも、みことは声を絞り出す。「どうぞ」と返されてから、ちゃんと声を出すために数回深呼吸を繰り返した。

「稜牙さんとご両親は、仲が良くないと伺っています。どうして、ご両親が気に入ったお相手とお見合いをしてあげようとするんですか」

「あのお二方には、もうこれしか方法がなくなったのです。ご自分たちが押そうとしていた甥御様は、どうにも使い物にはならないレベルだとばれてしまった。せっかく束ねた役員たちも興ざめです。失脚を狙えないのなら、もう旦那様にすり寄るしか自分たちの立場を維持する方法がない。絶対に気に入るからと媚を売り、お見合いをとりつけました。旦那様も鬼ではない、ご自分が結婚問題をかかえていらっしゃることもあり、それで、ご両親の申し出をお受けになられたのです」

「そうですか……」

納得できるような、できないような。

往生際が悪いのかもしれないが、稜牙が婚前交渉込みのお見合いをするなんて、納得したくないのだ。

「ご納得いただけましたか？　みこと様」

したくはないけれど……。

「……はい」

これ以外、どんな返事ができるというのだろう。ここで納得できないと泣き叫べるほど、みことは強《したた》かにはなれない。

「……お見合いのお約束はございますが……、みこと様には、旦那様を信じていてほしいのが本音でございます」

なにを信じろというのだろう……。

お見合いをするという事実だけで、稜牙の気持ちはみことにないと、みことは本当にお気に入りのオモチャでしかないと思い知らされているだけなのに。

返事ができないまま、みことは唇を引き結んだ。

心がつらくて、なにかに当たり散らして暴れてしまいたいのに、できない。

こんなとき、意識を失うほどお酒が飲めたり、衝動買いをして鬱憤を晴らせたりできたら、どんなにいいだろうと思う。

どちらもできない、する気もない。みことは新原に自分のアパートまで送ってもらい、二週間ぶりに自分の蒲団《ふとん》で眠った。

部屋は冷えきっていてなかなか温まらず、膝をかかえなくては入れない小さなバスタブで身体を温めたあと、すぐに蒲団にくるまった。

冷たかった寝具も徐々に身体を温めてくれるものへと変わっていったが、反して心は冷える一方だ。

「……稜牙さん……」

蒲団の中にもぐりこんで自分で自分を抱く。いつもなら、こうして身体を温めてくれるのは稜牙なのに。

これからどうなってしまうのだろう。稜牙がみことを気に入っている限り、今の関係は続くのかもしれない。けれどそれは愛人のようなものでしかない。

自分だけが、稜牙に特別な感情を抱いているのだ。

その事実をわかっていて、いつまで彼のそばにいることに耐えられるだろう。

こうして考えただけで、稜牙への想いがあふれて涙が止まらなくなるのに……。

——翌日。

泣いて悩んで、気を抜くとぼんやりしてしまいそう。してしまえれば、気持ちを張らなくてもいいぶん楽だったかもしれない。

それができないのが、みことである。

相変わらず忙しい年末。仕事のおかげで少し気が紛れているのが、せめてもの救いだ。

結里香は今日も欠勤だった。家庭の事情らしいので、もしかしたら姉のお見合いにつきあわされる予定なのかもしれない。

彼女に話したいことはたくさんある。けれど、かえって欠勤で会えなくてよかったかもしれないとも思う。

結里香の顔を見たら、今度はみことが泣いてしまいそうだ。

――終業時間近く、副社長直々にみことを指名した仕事が回ってきた。

客人をエントランスで迎えてくれというもの。

副社長からの仕事といえば、以前稜牙が仕組んだ接待係というものがあった。もしかしたら今回も……。とわずかに胸が高鳴るものの……そんなはずもない。

今夜は稜牙がお見合いに出向く日だ。昨日のことを考えれば彼が現れるはずがない。

エントランスから出入口の内側に立って待っていると、白いボディの大きな外車が入り口前通路に滑りこんできた。伝えられていたナンバーを確認。この車らしい。

左ハンドルは、運転席から降りた人の姿がすぐに目に入る。

そこに立った人の姿を見て、迎えに出かかった足が止まった。

（どうして……）

出てきたのは、――稜牙だ。

いつにも増してスーツ姿が精悍で素敵に見えるのは、これからお見合い会場へ向かうせいだろうか。片手に持った大きな花束を肩に預け、悠々とこちらへ歩いてくる。

あの花は、おそらく由里子に渡すものなのだろう。お見合いに行く前に昨日逃げた小動物の様子でも見ていこうと考えたのだろうか。

（ずるい……）

みことはまたもや泣きたくなる。

昨夜泣いて、稜牙のことは割り切って考えなくてはいけないのだと自分に言い聞かせた。

彼と一緒にいたいのなら、オモチャ的な自分の立場を理解し、自分の想いは表面に出してはいけないのだと。

頭ではそれを理解したはずなのに……。

（こんな姿を見たら、割り切るなんてできなくなる……）

みことが動けないまま、自動ドアが開く。中へ入ってきた稜牙が、みことと向かい合った。

「みこと」

「あ……」

優しい声に、言葉が出ない。代わりに涙がじわっと浮かんでくる。

「迎えにきた」

「……でも……わたしは……」

「逃げるな。俺のそばにいていいのは、おまえだけだ」

肩に預けていた花束が、みことの腕に落ちてくる。とっさに両腕で受け取ったと同時に左手を掴まれ……、薬指に、なにかがはまった……。

「一生、俺と一緒にいてくれ」

持ったこともない大きな花束の花越しから、稜牙の微笑みがみことを射貫き、豪華な花よりも彼女を惹きつける。

「結婚しよう。俺と」

掴まれていた左手を、大きな手に包みこまれる。

薬指に感じる高質で艶やかな感触。これがなにか、もし間違っていないのならその意味を信じてもいいのだろうか。

「でも……」

「ん？」

「でも、稜牙さんは……お見合いが……」

声が震える。この状況が信じられないのと、昨日からずっと思い悩んでいたこととが混じりあって、どこに考えを置いたらいいのか混乱する。

くすぐったげに微笑み、稜牙がみことを抱き上げる。

「その面倒事を、先に片づけよう。だからみこともくるんだ。——俺の、正式な妻として」

「えっ……あ、あの……」

信じられない。本当に信じていいのだろうか。信じた瞬間に、泣きだしてしまいそうだ。

「でも……まだ仕事中ですっ」

混乱するあまり、みことはこの状況にふさわしくない現実的なことを口走る。

まさかこのシーンでそのセリフが出るとは思っていなかっただろう。稜牙が目を見開いたあとに苦笑した。

「大丈夫ですよ。もう終業時間です」

そこに助け舟を出してくれたのは……副社長だった。

こうなることを知っていたかのよう。彼はみことのコートとバッグを持って、帰り支度はバッチリと言わんばかりだ。

「ご苦労様でした、一色さん。私の大切な友人の出迎えをありがとう。このまま直帰で結構ですよ」

「ふ……副社長……」

「コートとバッグは車まで持っていってあげましょう。一色さんは、幸せをはめた手で千石君の愛情をかかえている。他に持てるものはない」

急に照れくさくなり、頬が温かくなった。

大きな花束をかかえたまま、右手で左手の薬指を探る。そこには指輪がはまっている。目にするのが楽しみなような怖いような、さわっただけでもとても大きな石がついているのがわかった。

稜牙は副社長に顔を向けると、凛々《りり》しい表情で笑いかけた。

「ご協力、感謝する」

「君に感謝されるなんて、今日は最高の日だ。君にとっても最高の日だろう。よかったな」

「ありがとう。大邸宅とビルの発注をするから、待っていてくれ」

「誤解しないでくださいよ？　この件は、大切な友人のために協力したのです。仕事のためじゃない」

「発注はいらないのか？」

「いるに決まっているじゃないですか。根無し草暮らしだった千石君の家を任せてもらえるなんて、インテリアデザイナーのうちの奥さん、大張りきりですよ」

「それは楽しみだ」

二人でアハハと笑い合うと、副社長が稜牙の肩を叩く。

「さあ、早く行ってください。そろそろここは、帰宅の社員でいっぱいになる。君のような派手な男が女性をお姫様抱っこなんてドラマチックなシーンを見たら、女子社員が大騒ぎですよ」

チラリと背後を見て、冷やかすようにみことに笑いかけた。

「ごく少数には遠巻きに見られているようですので、週明け、噂にはなっているかもしれませんね」

なんとも答えようがない。だが、いやな気分ではないのはなぜだろう。

「平気です。悪いことではないので」

「そうですね」

三人がビルの外へ出ると、車の前には新原が立っていた。ここからは彼が運転をするのだろう。みことは稜牙の腕から下ろされることなく、姫抱きにされたまま乗ることになるようだ。

後部座席のドアを開けた新原が、みことを見て頭を下げる。

「お帰りなさいませ。みこと様」

「新原さん……わたし……」

「みことちゃん！」

新原に聞きたいことがあったのだが、突如飛んできた弾んだ声に気持ちをさらわれる。助手席で結里香が手を振っていた。

「結里香？」

「あたしも行くよ。今日はね、あたしがみことちゃんの付き添いだよ」

「お姉さんじゃなくて？」

「まさかぁ」

ありえないと言わんばかりにきゃらきゃら笑う結里香を眺めていると、稜牙がみことともに車に乗りこみドアが閉まる。副社長がみことの私物を新原に渡しているのを見てから、稜牙に目を向けた。

「稜牙さんと副社長って、本当に仲がいいんですね」

「友だちだから、と言って、今回はずいぶんと協力してくれた。会社でみことにおかしな男が言い寄ったら困ると言ったら、しばらく気にして監視していてくれたし。そのおかげで、社食のトラブルとやらにも口出しできたと言っていた」

「それであのとき……」

ベストなタイミングで副社長が現れ、みことを擁護してくれた。あれは、稜牙に頼まれていたからこその行動だったのだろう。

考えてみれば、一介の社員のトラブルに副社長が口添えしてくれるなんて、すごいことだ。それだけ友だちとしての絆が強いのだとすると……。

「……もしかして、以前話してくれた、稜牙さんが不動産王って呼ばれる地位を手に入れるために奮起する原因になった友だち、って……」

「いいや。あいつではない。そのきっかけになった友人は、高級旅館を営んでいる家系の息子だ」

そういえばそうだった。副社長は白瀬川建設の跡取りなので、まったく違う。

「そのご友人とは、今でも交流があるんですか？」

「ありすぎるくらいだ。……そろそろ……自由にしてやりたい……」

物憂げに呟いた稜牙が顔を上げる。ちょうど新原が運転席に入ってきたところだった。

「では出発いたします。少し急ぎますね」

「あのっ……新原さんっ」

稜牙の腕の中で、みことはわずかに身体を起こす。新原に続いて結里香も振り向いた。

「わたし……、あの、わたしでいいんでしょうか……」

「なにが、でございますか？」

「……わたしなんかが……稜牙さんと……」

「なぜそのような言いかたをなさるのです。旦那様を信じてほしいと、私はお伝えいたしましたよ？」

「でも、新原さんは、お見合いをすることで稜牙さんが結婚の意思を固めることを望んでいましたよね？　だから、ご両親からのお話も受けたと……」

「旦那様がお選びになった、みこと様以上の女性などおりません。旦那様が幸せになるためにお選びになられた方だ。旦那様が、誰にも与えない笑顔も気遣いも、引き出せるのは貴女だけですよ。みこと様以外、ふさわしい女性などいない」

「新原さん……」

「それに、旦那様も鬼ではないからお見合いをお受けになった、と言いましたが……そうです、ただの鬼ではありません。旦那様は、ご自分の味方以外には鬼畜という鬼でございますから」

「おい、新原」

稜牙が呆れた声を出すと、結里香がぷっと噴き出す。みことも笑ってしまいたかったがなんとか堪えた。

「おまえ、そんなにみことが誤解をする言いかたをしたのか?」

「そうですね。お姉様側にお見合いの話をたきつけるために、旦那様とみこと様がかなり中途半端な関係であることを強調いたしました。そのままみこと様のほうへ伝わってしまい……。特に訂正もしないまま本日のお見合いの件をお話ししたので、かなり誤解をされていたと思います。おそらく、……みこと様は、ご自分の立場を旦那様お気に入りのオモチャ……程度に捉えられていたことでしょう。ですが、旦那様を信じてほしいと、お願いはしておりましたよ?」

「俺がみことに惚れこんでどうしようもなくなっていたのは、そばにいたおまえが一番よく知っているはずなのに。おまえらしくないな。なぜ訂正してやらなかったんだ」

クスクス笑った新原は、同じく隣で笑いだしてしまいそうになっている結里香を見る。

「……私の大切な人が、いつもみこと様を褒めるのです。『みことちゃんがね』『みことちゃんとね』と……、それはそれは楽しそうに、嬉しそうに。ですから、少々やきもちを焼いて意地悪をしてしまったのかもしれませんね」

笑いかけていた結里香が、見てわかるくらい真っ赤になる。「やだっ、もぉっ」と両手で顔を押さえると、新原が頭を撫でる。

「説明が足りませんでした。申し訳ございません、みこと様」

「あっ……いえ、はぃ、いいですっ」

もうなにも言えない。説明も状況も、充分すぎる。

「もういい、急げっ。さっさと片付けて、さっさと解散だ。片づいたら、おまえもどこへでも行け」

同じことを思ったのか、稜牙のひと言で車はやっと走り出した。

お見合いの待ち合わせ場所になっていたのは、みことが付き添い役だったときと同じ、グランドクラウン・ガーデンズホテルのアトリウムロビー。

巨大なクリスマスツリーの前だった。

そのままみことを抱いたまま降りようとした稜牙だったが、さすがに下ろしてくれと頼まれしぶしぶ了解した。

約束の時間、十分前。どれだけこのお見合いに期待を寄せていたのか、稜牙の両親とみられる男女。そして由里子もとっくに到着していて、三人で話に花を咲かせていた。

そこに稜牙がみことを連れて現れたせいで、場には一気に険悪な空気が漂ったのである。

稜牙の両親も由里子も、お見合いということでそれなりの正装をしている。少々ゴージャスすぎて、パーティーにでも行くのかと勘違いしそうだ。

稜牙や新原はスーツ姿だし、結里香はかわいめのワンピース。みことだけが仕事帰りのままで、浮いている感が否めない。

そのせいか向こうの三人の「なんなの、この貧乏人」的な視線が痛い。すると、その視線をさりげなくさえぎって、稜牙がみことの前に立った。

「見てわかるように、結婚相手はすでに決まっている。見合いまでセットしてご苦労だが、この話はここで終わりだ」

冷たい声だった。仕事用なのかとも思うが、考えてみれば最初はみこともずいぶんとこの声を浴びせかけられた。

あのときは怖かったが、もちろん今はまったく怖くない。それどころか、凛々しくてかっこいいとまで感じる。

「それはないわ稜牙さん。そんな、どこの馬の骨とも知れない女」

「そうだ。千石家には合わないだろう。親として認めるわけにはいかない」

両親はもちろん納得するわけにはいかないのだ。いつもはどうか知らないが、ここぞとばかりに親の顔をしだした。

「親じゃなければいいのだろう」

稜牙のひと言が、両親の動きも口も止める。

「絶縁して、親でも子でもなくなれば文句はないな？　――もともと、次に俺の気を煩わすようなことがあれば、それなりの制裁があると思えと言い渡してあるのだから。……絶縁後は、なんの縁もゆかりもない人間として扱う。もちろん会社に居場所などない。今のうちに身の振りかたを考えたほうがいいんじゃないのか？」

両親はなにか言おうと同時に口を開くが、稜牙にひと睨みされその口を閉じた。彼はうしろに庇ったみことの肩を抱き寄せ、自分の胸に入れる。

「俺の大切なものを傷つける人間は、誰だって許さない。おまえたちは過去、俺の友人を苦しめ、今は妻を愚弄した。――許されると思うな」

二人は萎縮して言葉が出ない。なんとかこの雰囲気から逃れようとしていたのは由里子だった。

「な、なんなの……、私は関係ないから……。い、いいわよ……千石さんが駄目なら、そっちの彼でもいいわ」

挙動不審になりつつも由里子が指差したのは、結里香と並んで立っていた新原だった。

不動産王と関係のある人間なら誰でもいい。そのくらいの気持ちと勢いだったのかもしれない。当の新原が苦笑いをするなか、反発したのはなんと結里香だったのである。

「ふざけないでお姉ちゃん！　もういい加減にして！」

まさかの反抗に、由里子は驚いて目を見開く。稜牙の怒りの矛先が自分に向かないか気にしているせいか、昨日会ったときの狡猾さはなかった。

「吉彦さんはあたしの恋人だからね！　お姉ちゃんになんか指一本さわらせない！　みことちゃんも馬鹿にさせない！　そんなことしたら、あたしもお姉ちゃんと絶縁する！」

「ちょっ……な……なに言って……」

「お姉ちゃんは、あたしみたいなドンくさい女は嫌いなんでしょう！　あたしだって、お姉ちゃんみたいな意地悪で派手で男にだらしない女、きらいだもん！」

胸で泥濘《ぬかる》んでいたものを吐き出しているのか、結里香の物言いには容赦がない。噴き出しかかったらしく、新原は咳払いをするように片手で口元を押さえた。

結里香は小走りでみことに近づくと、稜牙の胸に抱かれたみことの腕をとる。

「みことちゃんのほうが何百倍も好き。優しくて、困ってたら助けてくれて……。いろんなお話聞いてくれて、励ましてくれて。みことちゃんがお姉ちゃんならよかった！」

「あんたねぇっ……」

由里子は言葉が続かない。生まれてこのかた口答えなどしたことがない妹。その反抗がかなりの動揺を誘っている。

結里香が腕にしがみついているせいか、稜牙はふっと笑みを作ってみことを放す。再び二人を庇うように前へ出ると、青くなりかけた両親と挙動不審に陥った由里子に鋭い眼差しを向けた。

「まだなにか、言いたいことはあるか」

あるはずがない。あっても、言えないだろう。

最初に稜牙の視線から逃げたのは、由里子だった。あとに続くように両親も逃げ出す。

エントランスを飛び出していったのを確認し、稜牙は目の前のツリーを見上げた。

「みこと」

「はっ、はい」

腕にくっつく結里香の頭を撫でながら、みことが稜牙に顔を向ける。彼はツリーを見上げたまま口を開いた。

「このツリー、好きか？」

「はい、すごく綺麗です。初めて見たとき、大きくて綺麗で……見惚れました」

「ここに帰ってくるたびにツリーを見上げているから、好きなのかと感じていた。よし、新居には、このくらいでかいツリーを置こう」

「大きすぎませんか？」

「構わん。置けるだけのエントランスを用意する」

どれだけ広い家にするつもりなのだろう。驚いてしまうが、ちょっと楽しみでもある。

「クリスマスツリーが欲しいなんて思うのは、初めてだ」

またその言葉が嬉しい。彼はみことがこのツリーを気に入っているから、同じような物が欲しいと思ってくれたのだろう。

ツリーを見上げる稜牙の横に新原が立つ。スッと頭を下げ、彼をねぎらった。

「お疲れ様でございました。旦那様のご勇姿、感動いたしました」

「新原」

「はい」

「俺に、クリスマスプレゼントをくれないか」

「……私がですか?」

「おまえにしかできないことだ」

新原は少々不思議そうに顔を上げる。相変わらずツリーを見上げたままの稜牙を見て、ふっと微笑み、再度頭を下げた。

「なんでございましょう。私が旦那様にして差し上げられることなら、なんなりと」

「俺の親友を、返してくれ」

下げたばかりの新原の頭が、ピクッと震える。稜牙は言葉を続けた。

「おまえが望んだとおり、あの二人の喉笛は噛み切った。おまえの目的は果たされたはずだ」

稜牙は微動だにしない新原に身体を向けると、いたわるようにその肩を叩く。

「生家の旅館は、昔以上に大きくなっている。経営者としての息子の帰還を待っているのは知っているだろう」

話を聞きながら、みことは気づく。稜牙が不動産王を名乗るきっかけになった友人とは、新原のことだったのではないか。

「おまえは充分に俺に尽くしてくれた。生家を救った恩返し以上だ。今、おまえの望みを叶えた礼に、……俺に、大親友だった新原吉彦を返してくれ」

新原はゆっくりと頭を上げる。稜牙の顔を見たままメガネを外し、男泣きしそうな目を一度閉じる。……ゆっくり開いて表情を改め……、口角を上げた。

初めて見る、明るい笑み。彼は両腕を稜牙の肩にかけ、顔を伏せる。

「……ありがとう……、稜牙……」

「おかえり、吉彦」

久方ぶりに親友の顔を見せた新原を前に、稜牙の声が震える。

みことも感動で涙が出そうになったが、グッとこらえ……。

ハンカチとみことの腕を握りしめてボロボロ泣いていたのは、結里香のみだった。

稜牙とともに彼のスイートルームに戻ると、みことは早々に姫抱きにされてベッドルームへ連れこまれた。

「りょ、……りょーがさんっ、せっかち、せっかちですよっ」

「黙れ、我慢させたぶん、覚悟しろ」

「一日だけじゃないですか」

「俺は一日でも半日でも、みことがいないのは耐えられない」

みことを抱いたままベッドの端に腰掛け、稜牙は両腕で彼女を抱きしめる。その力の入り具合に愛しさを煽られ、みこともギュッと抱きついた。

「きのう……久しぶりにアパートへ帰ったんですけど……」

「知っている。吉彦に聞いた」

「お蒲団が……冷たかったんです」

「ずっと使ってなかったからだろう?」

「……稜牙さんがいなかったからですよ……」

稜牙の腕に力が入る。こんなことを言ってしまえる自分が照れくさいのと同時に、とても幸せな気持ちに包まれた。

「俺が温めてやる」

稜牙がみことの左手をとる。その手を見つめ、薬指に唇をつけた。

「だから……ずっと、一生俺の腕の中にいろ。いいな」

いつもの命令口調。みことには、とても頼もしいトーンで心に響いてくる。

「はい……」

笑顔で返事をすると、軽く唇が重なる。

「大好きです……稜牙さん」

「愛してる。みこと……」

くちづけがどんどん深くなり、首の角度や向きを変えながら互いの唇を貪る。そうしながら、当然のようにお互いの衣服を脱がせあった。

しかし断然脱がせるのに手間がかかるのは稜牙のほう。ネクタイを解いてウエストコートとワイシャツのボタンを外したころには、みことはすでに全裸にされていた。

「あっ……稜牙さっ……」

稜牙に身体を向けベッドに膝立ちになると、片方の乳首をちゃぷちゃぷと舐られる。そうしながら彼は自分で上半身裸になり、トラウザーズの前をくつろげた。

両手で乳房を寄せ、柔らかさを堪能しながら揉みしだく。左右の乳頭を交互にしゃぶり甘噛みした。

「あっァン……そこぉ……」

「一日喰われなかったから、悦んでる」

「もっ……なに言って……ンッ、ん……」

「どうせこっちも……」

脚のあいだに回った稜牙の片手が秘唇を揉みほぐす。ぐちゅぐちゅと泥濘がにじむ気配がして、みことは腰をくねらせた。

「やっ……ぁん」

「反応ヨすぎ」

蜜をにじませる隙間をぬって、指が侵入してくる。それはストレートに膣口をめざし、蜜をあふれさせながら彼の指を呑みこんでいった。

「イイな。指を挿れるだけで滾る」

「あっ……ふ、ぅンッ……前は……指、だから、締めるな……って……」

「指でも興奮するみことがかわいい」

「りょ……が、さんっ……あぁぁん！」

指がスライドしはじめると、蜜が弾けるいやらしい音をさせながら快感が生まれていく。

彼の指を喰い締めると、その圧でよけいに気持ちよさが広がるので意識して弛緩させるが、そうすると奥の部分がビクンビクンと痙攣するのだ。

まるで、もっと彼を感じたくて呑みこもうとしているかのよう。

「やっ、ぁあっ、ンッ……！」

自分の身体がそんなことを意識してやろうとしているのだと思うだけで、ゾクゾクする。みことが背筋を伸ばすと、稜牙の指が深く突き刺さってきた。

「みことのココは、ねだり上手だな……。ほら、もっと喰え」

「あぁぁ……やっ、ダメ……、あっ！」

膝に力が入り、あまりの刺激につま先が立つ。なにかが弾け飛びそうになった直前で指を抜かれた。

「あっ！　フ……ぅん……」

伸びていた背が落ちる。中途半端に煽られた蜜窟が、ずくんずくんと大きく疼いてもどかしい。

「イきそうになったな？」

「い……意地悪ですよ……」

「ごめん」

チュッとキスをされ、きゅぅんっと胸の奥が疼く。今の稜牙の仕草が、とてもかわいいものに思えてしまった。

「指じゃイかせない……。俺のでイかせてやる」

しかし意気揚々と避妊具の封を口で切りながら宣言するのは……かわいくない。

かわいくない、けれど、……今度は子宮が疼く。

「……えっちですね」

「みこと相手に、そうならなきゃおかしい」

トラウザーズを下着ごと下げて準備を施すと、稜牙はみことに腰を跨がせる。

「ほら、呑みこめ」

腰を掴まれ、彼になされるがまま落としていく。張り詰めた肉笠が秘溝を圧し、蜜孔が大きく形を変えてそれを呑みこんでいった。

「あぁぁ……あっ！」

挿入の刺激に腰が震える。その腰に手を添えたまま上半身をベッドに倒した稜牙は、下から強くみことを突き上げた。

「やっ、あぁぁんっ！」

何度も繰り返し熱い内奥を穿っていく。みことが稜牙の手を掴み上半身をくねらせると、腰から手を離して指を絡ませてきた。

「ぁぁンッ……稜牙……さぁ……」

「動いて、みこと。おまえが気持ちいいように」

「ンッ……ぁん……」

稜牙が動かなくなってしまったことで、弾けかかっている快感がもどかしい。指を絡め合った彼の手を支えにして、みことは自ら腰を跳ねさせた。

「あっ……ん、ンッ、はぁ……」

自分で動いても気持ちがいいが、どうしても動きを加減してしまうので稜牙のなすがままになっているときのような強い快感が得られない。

それでも自分なりに上下左右に動く。愉悦と同時にもどかしさも大きくなってきて、みことは絡めた手を離すと彼の腹部に手をつき、深く腰を落としてくねらせた。

「あっ、ぁ、りょ……ぉが、さん……」

「我慢できないか？」

「ンッ……」

これはこれで気持ちがいい。たとえるなら、官能がはにかむ、かわいらしい快感だ。

「りょぉが……さぁん……」

しかし違う。今欲しいのは……。

「お願い……しま……あっ、……強く……シて……」

胎内をぐちゃぐちゃに掻き回されるような、稜牙の狂暴な熱さが欲しい。

上半身を引き寄せられ、彼の胸に密着する。絡まった稜牙の眼差しは、強悪なほどに艶やかで、全身が痺れるほど粟立《あわだ》った。

「あっ……ぁ……」

「イイな……欲しがるみこと、最高にゾクゾクする」

お尻の双丘を鷲掴みにされ、強く下から突きこまれる。何度も何度も繰り返され、みことは喜悦の声をあげ続けた。

「あっぁ！　やっ、ダメェっ……あぁぁっ、こわれっ……！」

こんなに激しくされたら壊れてしまう。彼ならそれができるだろう。そんな恐怖感はあるのに、そこに悦楽を感じている自分がいて、稜牙にならば壊されてもいいとさえ思う。

「りょう……が、さっ、アぁぁぁ……！　ダメ……もっ……！」

ベッドに両手をついて、わずかに背を弓なりにする。それと合わせるように稜牙が上半身を起こし、素早く体勢を変えた。

身体をあお向けに倒され、稜牙が覆いかぶさってくる。

「壊れるなら、一緒だな」

「りょ……ぉがさ……あぁっ……」

「愛してる……。みこと」

「りょっ……あああぁっ！」

稜牙がくれる愛の言葉に、みことの全神経が昂《たか》ぶっていく。同時に激しく蜜路を擦り上げられ、最奥をえぐられ、官能が歓喜の叫びをあげた。

「ダメ……あぁっ、イ……くっ、ンンッ――！」

全身が強い熱を放ち、目の前で白い光がまたたく。隘路が収縮して激しく蠕動し、稜牙を逃がすまいと躍起になる。

「みこ……と」

腰を押しつける彼が、みことにくちづけ口腔内を貪りながら再び腰を振りたてた。

「ンッ……ん、ぅ、フゥ……！」

再び蜜窟に悦楽が広がりはじめる。達したばかりの柔襞が、まだ果てぬ怒張を煽りたて解放へ導いた。

「みこっ、と……」

「あぁ……ぁ、稜牙……さっ、あぁ――！」

苦しげにうめきながら稜牙が唇を離した瞬間、みことも再び、甘美な悦楽の大波に呑まれていく。意識まで流されてしまいそうで稜牙にしがみつくと、彼もみことを抱きしめてくれた。

「……愛してます……」

法悦の誘惑に抗いながら、みことが囁く。

こんな言葉を口にできる自分に幸せを感じながら、最愛の人に身をゆだねた。

エピローグ

忙しい年末年始だった。

結婚を決めたといっても、みことには報告する親などいないも同然。また、稜牙も同じ。

ただ、稜牙には彼を不動産王に育ててくれた祖父がいる。

祖父が療養がてら住むという別荘へ挨拶に行ったのだが、これが稜牙とは正反対のニコニコした祖父だった。

孫が選んだ嫁ということで、女の子の孫がいないぶん、みことはとても歓迎された。……のだが……。

「稜牙、魚の小骨《こぼね》は自分で取るんだぞ。みことさんにやらせるなよ？」

「ところで最近はゲームにのめり込んで夜更《よふ》かししなんかしてないんだろうな」

「勝手にカブトムシを飼うなよ？　また増えるぞ」

この歳で祖父に子ども扱いされる……と言っていたのは間違いないらしく……。本人も「何歳のときの話だっ」と反抗していた。

「正月だし、お年玉をやらんといかんな。資源が豊富で先が楽しみな無人島と、開発が始まりそうで地価上昇の予感たっぷりな村、どっちがいい？」

スケールが大きすぎる話でいっぱいだ……。

それでも、愛孫を案じる気持ちは強いらしく。

「稜牙が……あんなに楽しそうに……嬉しそうにしているのは初めて見るかもしれない……。ありがとう、みことさん」

とても嬉しい、言葉をもらった。

その他にも、早々に稜牙から入籍日や結婚式、披露宴パーティーなどの提案を出されたことで話し合いが始まり……。

また計画中の新居については、もちろんみことの意見も大きく取り入れてもらえることになったのである。

そのおかげで、部屋には建築資材サンプルやら家具や日用品のカタログでいっぱいだ。

「建設会社に勤めてはいますけど……、こんなに家具やら内装関係のカタログを眺めたのは初めてです」

ホテルの部屋で並んでソファに座り、イタリア製家具のカタログをペラペラめくる。カタログというよりは、撮影の仕方が凝っていて家具の写真集のよう。見ているだけで楽しくて飽きない。

「ん～、やっぱりベッドは特注にするか……。みことを転がしまくっても余裕のある大きさが欲しいし……」

隣では、稜牙が特注家具のパンフレットを睨みつけながら真剣に悩んでいる。

住居にしているホテルのベッドはキングサイズだ。今でも毎晩、充分に転がされているような気がする。

「……これ以上転がされたら……目が回ります」

「毎晩気持ちよくて目を回しているだろう」

「りょーがさんっ」

みことがムキになると、稜牙はハハハと笑ってみことの肩を抱き寄せる。

「怒るなって。みことと一緒に住む家に夢が広がって仕方がない。落ち着いて住むなんて考えたこともなくて、根無し草生活が長かったからな。家具ひとつ選ぶのも楽しいんだ。こんな気持ちになれるのも、みことのおかげだ」

稜牙の言葉がとても嬉しい。みことははにかみつつ、彼に寄り添った。

「みことは、俺の癒《いや》しだ」

顔を上げると唇が出会う。優しいキスに心がなごみ、みことはクスリと笑った。

「不動産王が、自分の家で悩むって、なんだか不思議ですね」

「そうだな」

同じように微笑み、みことの頬に手を添えた稜牙が再度唇を近づけた。

「みことと一緒に悩めるなら、それも楽しいさ」

キスと同時に腰を引き寄せられる。膝に置いたカタログがパサリと床に落ち……。

幸せが邪魔をして、二人の新居計画は中断が多いのだった――。

あとがき

冬場のアイスは美味しいんです！(笑)
本編で稜牙氏があまりにも主張するので、ついSSのネタにしてしまいました。でもみことが「アイス好きの稜牙さん、かわいい」って言うのでいいかなと……。(このあたり、あとがきからお読みになる方にはネタバレですみません)
実際、私も冬場のアイスが好きでですね……。
カバー袖コメントを提出したあとで「あれ？　この話題、前もしなかった？」と気になり、既刊を何作か調べたところ、冬に刊行された他レーベルで同じようなコメントをしておりました。どんだけ好きなんだ！　って笑われてしまいそうです。はい。
とはいえ、好きなのは間違いではなく、今年は某コンビニで大好きなピスタチオのアイスが豊作で、ホクホクしながら買いに通っています。
今回は不動産王ということで、どこまでも威圧的で凶悪な雰囲気のヒーローを目指しました。
……とはいっても、しょせんは私が書くヒーローですからね、ヒロインにベタ惚れになって彼女に対しては凶悪さもなにもなくなってしまうんですが。

今回はですね、本当に担当様の助言に助けられました。それがなかったら、きっとヒロインが人間関係的にずたぼろになっていたんじゃないかと思うんですよ。

お陰様でいい人たちに囲まれた幸せなラストにできたと思います。担当様にはいつもお世話になりっぱなしで、本当にありがとうございます！

そして、なま先生！　稜牙カッコイイ！！！　キャララフの時点でそのワイルドさに息が止まりました！　みこともかわいくて「はーっ、うちのこかわいい！」と叫び出しそうになりました。ありがとうございます！　今年最後の本なので、最高の締めになりました！

本書に関わってくださいました関係者の皆様、頑張らせてくれる家族や、一緒に頑張ろうねって言ってくれる作家のお友だち、そして、今年最後になります本書をお手に取ってくださいました皆様に最大級の感謝を。

ありがとうございました。また、お目にかかれることを願って――。

心落ち着かない日々が続くなか、幸せな物語が少しでも皆様の癒しになれますように。


二〇二一年からもよろしくお願いいたします！／玉紀 直

コワモテ不動産王の不埒な蜜愛　キャラクターデザイン：なま
■千石稜牙■
■一色みこと■
なま
先生の
キャラクター
デザイン
大公開♥

完璧CEOの
溺愛シンデレラ
マジメで地味な秘書は
恋愛対象外?!
Novel 玉紀 直
Illustration ゴゴちゃん
こんなに欲しくて
堪らないのは初めてだ
真面目で地味なＯＬ森城沙良は上司のイケメンＣＥＯ桐ケ谷壮に近付く女性の撃退役として、鉄壁秘書と呼ばれていた。成り行きで社用のパーティで壮のパートナー役を務めることになった沙良は、彼好みに手を入れられ着飾らされる。「最高だ。もっと君を感じてもいいか」同伴時は恋人のつもりで振る舞うように言われ、流されるようにベッドを共にしてしまった沙良。何とか元の関係に戻ろうとするが、壮は彼女をしきりに誘惑して!?
好評発売中！

めちゃモテ御曹司は
ツンデレ
万能秘書が
可愛くってたまらない。
Novel 小出みき
Illustration 小禄
守ってあげたくなった。
恋に落ちたのかもしれない。
秘書の壺井祢々は急遽、新副社長で御曹司の東雲遠流に付くことを命じられるも、彼に会って驚愕する。半年前ヤケ酒からうっかり一夜を共にした男だったのだ。チャラ男のイメージに反し難航する交渉を纏めるなど有能さを発揮する彼は、祢々を運命の人だと口説く。「クールな万能秘書が、俺に抱かれてトロトロに蕩けていくの…見てるとめちゃくちゃ昂奮する」素直になれない寧々だが、彼に溺愛されてだんだんと絆されてしまい…!?
好評発売中！

ガブリエラ文庫プラス
gabriella plus

MGP-065

コワモテ不動産王の不埒な蜜愛

2021年1月15日　第1刷発行

著　者　玉紀 直　©Nao Tamaki 2021

装　画　なま

発行人　日向 晶

発　行　株式会社メディアソフト
〒110-0016　東京都台東区台東4-27-5
tel.03-5688-7559　fax.03-5688-3512
http://www.media-soft.biz/

発　売　株式会社三交社
〒110-0016　東京都台東区台東4-20-9　大仙柴田ビル2F
tel.03-5826-4424　fax.03-5826-4425
http://www.sanko-sha.com/

印刷所　中央精版印刷株式会社

玉紀直先生・なま先生へのファンレターはこちらへ
〒110-0016　東京都台東区台東4-27-5 (株)メディアソフト
ガブリエラ文庫プラス編集部気付 玉紀直先生・なま先生宛

ISBN　978-4-8155-2060-1　　Printed in JAPAN